LES MYSTÈRES DONT VOUS ÊTES LES HÉROS

Le Parc de l'épouvante

Cet ouvrage a été imprimé sur un papier issu de forêts gérées durablement, de sources contrôlées.

Illustration de couverture : Juliaon Roels
Avec l'aide éditoriale d'Elizabeth Barféty
Conception graphique : Françoise Maurel

ISBN : 978-2-7002-7436-3

Agnès Laroche

LES MYSTÈRES DONT VOUS ÊTES LES HÉROS

Le Parc de l'épouvante

RAGEOT

MODE D'EMPLOI

Avec LES MYSTÈRES DONT VOUS ÊTES LES HÉROS,
c'est toi qui enquêtes en prenant les décisions à la place du personnage principal.

La résolution du mystère repose donc sur tes épaules, c'est une sacrée responsabilité !

Dans *Le Parc de l'épouvante*, tu incarnes Melvil et tu dois retrouver ton meilleur copain et les clés de ce parc d'attractions dédié au frisson avant la ronde des vigiles.

De quoi te donner quelques frissons…

À la fin de certains chapitres, tu auras le choix entre deux actions. Une fois que tu auras décidé quoi faire, rends-toi au chapitre dont le numéro est indiqué dans la pastille noire.

Exemple :

SI TU EMPRUNTES LA PORTE INTERDITE, C'EST EN **25**

SI TU FILES D'ABORD DANS LA SALLE DE PROJECTION, VA EN **18**

Tu as décidé d'aller dans la salle de projection ?

Alors va directement au chapitre **18**

Tu trouveras les numéros de chapitre en haut de page.

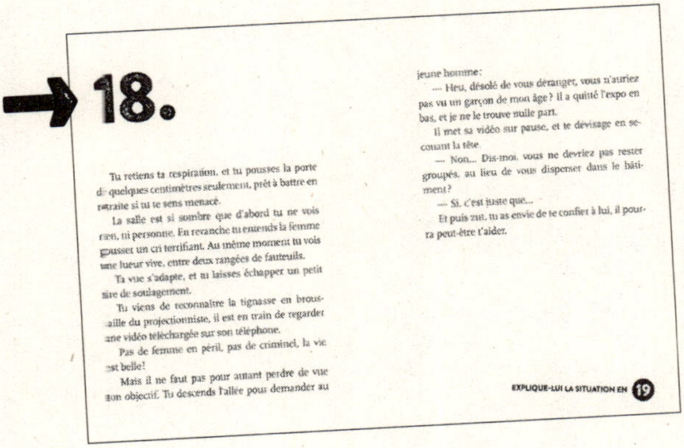
18.

Tu retiens ta respiration, et tu pousses la porte de quelques centimètres seulement, prêt à battre en retraite si tu te sens menacé.

La salle est si sombre que d'abord tu ne vois rien, ni personne. En revanche tu entends la femme pousser un cri terrifiant. Au même moment tu vois une lueur vive, entre deux rangées de fauteuils.

Ta vue s'adapte, et tu laisses échapper un petit rire de soulagement.

Tu viens de reconnaître la tignasse en broussaille du projectionniste, il est en train de regarder une vidéo téléchargée sur son téléphone.

Pas de femme en péril, pas de criminel, la vie est belle !

Mais il ne faut pas pour autant perdre de vue ton objectif. Tu descends l'allée pour demander au jeune homme :

— Heu, désolé de vous déranger, vous n'auriez pas vu un garçon de mon âge ? Il a quitté l'expo en bas, et je ne le trouve nulle part.

Il met sa vidéo sur pause, et te dévisage en secouant la tête.

— Non... Dis-moi, vous ne devriez pas rester groupés, au lieu de vous disperser dans le bâtiment ?

— Si, c'est juste que...

Et puis zut, tu as envie de te confier à lui, il pourra peut-être t'aider.

EXPLIQUE-LUI LA SITUATION EN 19

Bon à savoir :

- Si une seule possibilité se présente en fin de chapitre, alors poursuis simplement ta lecture au chapitre indiqué dans la pastille.

- Il est possible que tu n'arrives pas à résoudre le mystère dès le premier coup. Dans ce cas, un petit mot en fin de chapitre t'indiquera que ton enquête est finie.

- Si tu échoues dans ta mission ou que ton enquête n'est que partiellement résolue, n'hésite pas à recommencer ta lecture pour savoir ce qui se passerait si tu faisais d'autres choix !

1.

En ce dimanche de novembre, vous pédalez comme des fous dans la descente qui mène à Panik-Park, un nouveau parc d'attractions sur le thème de la peur.

Il n'ouvre que dans un mois mais, d'ici quelques minutes, vous y pénétrerez en douce, grâce à Octave, ton meilleur ami, qui est aussi le fils du directeur. Il vous a proposé une visite privée, rien que pour vous. En douce, bien sûr, les parents ne sont pas au courant !

D'ailleurs, il est à la traîne, Octave. Le sport, ce n'est vraiment pas son truc.

Par contre, Ismaël, ton cousin, est sur le point de te rattraper. Il passe le week-end chez toi et, même si tu ne l'apprécies pas vraiment, tu t'es senti obligé de lui proposer de vous accompagner. Vite, tu accélères, parce que tu aimes bien gagner et parce que tu adorerais voir une lueur d'admiration dans les yeux d'Issa. Elle n'est pas très loin derrière vous, elle te verra arriver !

Te voilà presque en bas de la descente, un grand panneau indique « Panik-Park : ouvert très prochainement » et tu souris. Pour vous, l'ouverture, c'est tout de suite ! Tu jettes un coup d'œil par-dessus ton épaule, Ismaël te talonne, tu fonces, lui aussi, et tu termines en beauté avec un dérapage contrôlé.

– Normal, Melvil, ton vélo est plus rapide que le mien, prétend Ismaël, qui met pied à terre.

C'est faux, mais tu ne dis rien, pas la peine de vous chamailler pour si peu. Et puis tu préfères regarder l'arrivée d'Issa.

Hum, pas de lueur admirative dans ses yeux... Il faudra que tu trouves mieux pour l'épater !

En attendant Octave, vous vous plantez devant l'immense palissade en tôles grises qui protège Panik-Park des curieux.

– Je me demande bien à quoi ça ressemble, derrière, murmures-tu.

– Moi je me demande surtout comment on va entrer, ajoute Ismaël.

Il pointe du doigt une large porte, sécurisée par des barres de fer et de solides verrous.

– Ça a l'air immense, constate Issa. Presque aussi grand que le parc de la Tête Noire !

En effet ! Tu sens que ça va être génial, ce tour de Panik-Park rien que pour vous ! Enfin à condition qu'Octave arrive...

Tiens, le voilà enfin !

POUR RENCONTRER OCTAVE, RENDEZ-VOUS EN 2

2.

Octave est rouge, en nage, et tu remarques des traces de boue sur ses vêtements.

Il pose sa bicyclette, retire son bonnet rouge et remet de l'ordre dans sa tignasse blonde.

– T'en as mis du temps, s'exclame Ismaël.

– Vous ne devinerez jamais ce qui m'est arrivé ! J'ai croisé un sanglier, j'ai voulu l'éviter et paf, la chute !

Un silence amusé accueille sa déclaration. Il lui arrive parfois d'enjoliver la réalité... et tu n'as jamais entendu parler de sangliers qui se promènent dans le coin ! Il a juste dû tomber de vélo, c'est tout.

– Tu ne t'es pas fait mal, au moins ? demande Issa, toujours soucieuse des autres.

– Pff, non, juste quelques égratignures. C'est rien, j'en ai vu d'autres !

Il sort de sa poche un trousseau de clés et l'agite devant vous.

– Prenez vos vélos et suivez-moi !

En file indienne, vous contournez la palissade sur la droite, jusqu'à une porte discrète.

Octave introduit une clé dans la serrure, et il entre le premier. Vous le suivez, palpitants d'excitation.

PRÊT À DÉCOUVRIR PANIK-PARK? VA EN 3

3.

Une fois la porte franchie, vous posez vos vélos et vous écarquillez les yeux.

Panik-Park est là, gigantesque, entouré de hauts murs de pierres sombres, impossibles à escalader. On croirait les remparts d'un château digne de Dracula !

Après quelques pas, vous vous retrouvez face à la gueule fermée d'un dragon hideux, grosse comme un camion. Tu as l'impression que la bête vous fixe de ses yeux injectés de sang, prête à se jeter sur vous.

– C'est l'entrée du parc, vous informe Octave. Impressionnant, non ?

Carrément !

Il s'approche de l'animal et, à l'aide d'une deuxième clé, il ouvre une trappe discrète située sur son menton. Un clavier apparaît sur lequel, à l'abri de vos regards, il tape un code, avant d'appuyer sur un bouton et de se reculer.

La gueule énorme s'ouvre en rugissant si fort que vous poussez tous un cri apeuré, même Octave.

La langue de l'animal sort, comme si on déroulait devant vous un tapis rouge.

– Le parc sera presque entièrement automatisé, explique ton ami. On tape le code secret, on appuie sur le bouton, et hop, tout fonctionne. Pas mal, hein ? C'est mon père qui a conçu ce système ! Bon, ce n'est pas tout à fait terminé, il y a encore du boulot, mais dans l'ensemble, ça marche !

Il vous regarde, très fier, puis il monte sur la langue, et vous lance :

– Vous venez ?

Vous pénétrez dans la gueule du monstre, une sorte de grotte bordée par des dents géantes, et très pointues. La langue bouge légèrement sous vos pas, comme si la bête s'apprêtait à vous avaler.

– Trop bien, apprécies-tu.

– Et encore, vous n'avez rien vu ! annonce Octave. Mais stop, avant de continuer, je vous explique comment ça va se passer.

Ismaël lâche un soupir impatient.

– Quand nous serons plus haut, attention, poursuit Octave. Au fond de la gorge, entre les deux amygdales...

– Pouah, dégueu, commente Issa.

– ... une plate-forme nous fera redescendre brusquement. Vous verrez une porte, derrière laquelle vous attendent toutes les attractions.

– Bon, on y va ? le presse Ismaël.

– Attends, il n'a pas fini, interviens-tu.

Octave regarde sa montre.

– Nous avons exactement une heure et demie devant nous avant que les vigiles et leurs chiens fassent leur ronde, donc on reste groupés et on ne traîne pas, d'accord ? On ne s'éparpille pas non plus, il y a encore des travaux, ou des endroits non sécurisés, donc du danger. Vous ne vous éloignez de moi sous aucun prétexte !

Vous hochez la tête et vous grimpez jusqu'aux amygdales, plus vraies que nature. On dirait qu'elles sont spongieuses et humides. Issa a raison, c'est dégueu !

Le sol se dérobe d'un seul coup sous vos pieds,

et tu avais beau être prévenu, tu pousses un cri. Par réflexe, Issa t'attrape le bras, ça tombe bien, tu ne demandes pas mieux !

Une fois en bas, c'est le noir complet. Seule une porte rouge sang à double battant, juste devant vous, est éclairée.

Tu t'apprêtes à la pousser quand Octave s'écrie :

– Non, attends, on passe d'abord au local technique, j'ai des instructions à vous donner !

– Quoi, encore ? râle Ismaël. On perd du temps, là !

Il exagère, une heure et demie, ça vous permet de découvrir pas mal d'attractions.

– C'est bon, lui chuchotes-tu. C'est lui qui nous a invités, alors essaie d'être plus sympa !

Il hausse les épaules et vous suivez Octave.

TON AMI VOUS CONDUIT AU LOCAL TECHNIQUE, EN 4

4.

Il fait toujours aussi sombre, mais Octave connaît le chemin. Vous longez un couloir et vous tournez à gauche avant de vous arrêter devant une porte qu'il ouvre grâce à une troisième clé.

Vous pénétrez dans une vaste pièce, meublée de bureaux et d'ordinateurs. Sur l'un des murs, vous découvrez une trentaine d'écrans au moins.

– C'est la vidéosurveillance, explique Octave en pressant le bouton d'une télécommande.

Les écrans s'allument, les attractions apparaissent en noir et blanc, personne en vue, bien sûr.

Tu sens Ismaël bouillir à côté de toi.

– C'est super, dit-il, mais on y va, oui ou non ?

Ce qu'il peut être pénible !

Sans lui répondre, Octave appuie sur un autre bouton. Les écrans de contrôle sont remplacés par un vaste plan lumineux de Panik-Park, que vous prenez en photo, ça peut servir.

– Comme vous le voyez, le parc est coupé en deux par une large rivière artificielle, *La Rivière sans retour*. Vous n'aurez pas le temps de tout découvrir, il faut au moins une journée pour faire le tour des lieux. Donc on ne visitera que la partie *Frissons,* sur l'autre rive, et on laisse tomber *Épouvante*.

Ton cousin s'approche du plan, sourcils froncés.

– Attends... *Épouvante,* c'est beaucoup mieux! Regardez les attractions: *Araignée vorace, Vampires et compagnie, L'Antre des fantômes,* trop cool. De l'autre côté de la rivière, il y a surtout des manèges!

– Justement, réplique Octave, ils sont top, je suis sûr que vous n'en avez jamais vu de pareils.

Mais Ismaël en rajoute:

– Tu parles, les manèges, on connaît!

Octave lui lance un coup d'œil agacé.

– Les attractions d'*Épouvante* prennent trop de temps, et les manèges de *Frissons* sont super flippants, je te dis que vous allez adorer! De toute façon, c'est mon parc, c'est moi qui décide!

– En fait, le directeur de Panik-Park, c'est pas ton père, c'est toi! rétorque Ismaël.

Ton ami n'a pas le temps de répondre car Issa choisit ce moment pour vous murmurer, l'air gêné :

– Je suis désolée, les manèges, ça me rend malade. Moi aussi, je préfère qu'on s'en tienne à *Épouvante*.

Ismaël se tourne vers toi.

– Melvil, t'en penses quoi ?

Aïe... Tu es bien embêté !

Tu suivrais bien Octave, que tu aimes beaucoup et qui vous a invités, mais tu n'as pas envie qu'Issa s'ennuie pendant que vous montez sans elle dans les manèges.

– Ben... je sais pas... bredouilles-tu, mal à l'aise. Tout le parc a l'air super, mais *Épouvante,* ça me tente plus, enfin, je crois.

Ton copain t'adresse une moue déçue.

– Super, je vois qu'on peut compter sur les amis, jette-t-il.

– Dans ce cas, y a pas photo, on a la majorité, ce sera *Épouvante,* décrète Ismaël. Allez, c'est parti !

– Non mais oh, gronde Octave, c'est pas à vous de choisir ! Je vous rappelle que sans moi vous ne seriez pas là !

Un sourire moqueur se dessine sur les lèvres d'Ismaël.

– Je crois qu'*Épouvante,* ça te fait peur, en fait !

Octave pousse un soupir exaspéré, puis il se dirige à grands pas vers la porte.

– N'importe quoi, je voulais juste vous montrer ce qu'il y a de mieux ici ! Puisque c'est comme ça, faites ce que vous voulez, moi, je pars m'amuser de mon côté. Sans vous j'irai plus vite, je profiterai de plus d'attractions, dans *Frissons* ET *Épouvante !*

– Non, attends, on reste ensemble, tentes-tu en faisant un pas vers lui.

Il fait comme s'il ne t'avait pas entendu et pose la main sur la poignée, avant d'ajouter :

– Au fait, c'est moi qui ai les clés, celle qui permet de remonter dans la gueule du dragon, et celle qui ouvre la palissade. Sans elles, vous ne pourrez pas sortir du parc. Et ne comptez pas sur les issues de secours pour sortir, pour l'instant elles sont verrouillées... Là aussi, j'ai les clés. Souvenez-vous, les vigiles arrivent dans une heure et demie... Pour moi, c'est pas un problème, ils me connaissent bien, mais pour vous... Donc pour ne pas rester coincés dans le parc, une seule solution : rattrapez-moi si vous le pouvez !

D'un geste vif, il attrape un objet sur l'un des bureaux, et il vous quitte sans un mot de plus, en claquant la porte.

Vous vous dévisagez, stupéfaits.

– C'est juste un coup de chaud, prétend Ismaël. Je suis sûr qu'il va faire demi-tour.

Hum, tu ne parierais pas là-dessus ! Alors vite, tu te précipites à sa suite.

– Octave, reviens ! S'il te plaît !

Tu longes le couloir dans le noir jusqu'à un croisement. Tu ne sais plus par quel côté vous êtes arrivés, tu hésites, et tu prends à droite avant d'arriver devant la porte à deux battants qui donne sur le parc : tu as beau regarder partout, personne, ton ami a déjà disparu !

De retour dans le local technique, tu constates, consterné :

– Je ne sais pas où il est... On a intérêt à le retrouver, sinon on va se faire chopper.

Vous faire attraper par les vigiles et leurs molosses, non merci ! Sans compter qu'ils préviendraient sûrement vos parents, ce qui vous promet de belles punitions.

Alors vous devez retrouver Octave !

Pour pouvoir sortir du parc à temps, et aussi parce que tu as hâte de te réconcilier avec lui. Vous êtes inséparables, depuis toujours, pas question de vous fâcher pour si peu !

– Allez, on s'organise, lances-tu d'un ton décidé, pressé d'agir.

Hum, ça, c'est plus facile à dire qu'à faire... Vous mettez un temps fou à tomber d'accord. Ismaël et toi n'êtes jamais du même avis, et Issa ne parvient pas à vous départager. Après d'âpres discussions, trois possibilités se dégagent enfin :

Vous pouvez rester groupés, c'est plus rassurant, et explorer *Épouvante,* la première partie du parc, pour démarrer. Il y a aussi la possibilité de former deux équipes, l'une ira en *Frissons,* l'autre en *Épouvante.* Ce serait peut-être l'occasion de te rapprocher d'Issa. À moins que vous ne fassiez vos recherches en solo en vous répartissant les attractions.

Quelle solution préfères-tu ?

DÉCOUVRIR LE PARC TOUS ENSEMBLE : C'EST EN 5

FAIRE DEUX GROUPES : RENDS-TOI EN 15

PARTIR CHACUN DE SON CÔTÉ : VA EN 25

5.

Ensemble, vous vous sentez plus fort. Et vous aventurer d'abord en pleine *Épouvante,* plus proche de vous, c'est une bonne idée qui vous fera gagner du temps. En souhaitant qu'Ismaël y mette du sien… Faire équipe avec lui, ce n'est pas forcément évident !

Tu attrapes la télécommande, tu appuies sur la flèche, et les écrans de sécurité apparaissent de nouveau sur le mur.

– Avec un peu de chance, on va voir Octave, espères-tu.

Vous observez les attractions une à une, mais il n'est nulle part… donc il peut être n'importe où !

Tu presses à nouveau la flèche, et le plan du parc s'affiche.

Vous l'observez un instant, et vous vous tapez dans la main.

– C'est parti ! lances-tu.

Vous ouvrez la porte du local technique et longez le couloir pour vous retrouver face aux doubles battants qui mènent dehors.

Vous les poussez, prêts à explorer *Épouvante* !

Dès que vous êtes dehors, la voix d'Octave, venue d'en haut, retentit :

– C'est pas trop tôt, à ce rythme-là vous n'êtes pas près de me trouver ! Il ne vous reste plus qu'une heure dix...

Issa pointe un haut-parleur du doigt, d'où sort la voix de ton ami. L'objet qu'il a embarqué, c'est un micro ! Il doit être caché quelque part, pas loin, et il vous observe. Mais tu as beau scruter les alentours, tu ne le vois pas.

– Bon, le temps presse, ajoute-t-il, je vais vous aider un peu.

– Il va nous donner des indices, chuchote Issa. Comme dans une chasse au trésor.

– Attention aux fausses pistes, prévient Ismaël.

Tu souris, soulagé. Au lieu de s'amuser en solo, Octave joue avec vous. Et s'il joue, c'est qu'il n'est pas si contrarié que ça.

– Écoutez bien, je suis peut-être là où les mouches ne vont pas, je répète, je suis peut-être là où les mouches ne vont pas…

Vous dégainez vos portables pour regarder le plan que vous avez photographié et vous dévisagez, perplexes. Puis Issa s'exclame :

– Je sais !

Mais Ismaël la prend de vitesse, très sûr de lui.

– Il faut aller sur *La Rivière sans retour*, c'est évident ! Quand je fais du bateau avec l'oncle Pierre il dit toujours « Là, au moins, on sera pas embêtés par les mouches », parce que chez lui, il y en a plein.

– Non, je crois plutôt qu'Octave parle de *L'Araignée vorace,* réplique Issa. Elles mangent les mouches.

Toi, en mouches, tu n'y connais rien ! Pourtant, il faut prendre une décision, et vite !

TU PENCHES PLUTÔT POUR « L'ARAIGNÉE VORACE » ? C'EST EN 7

OU POUR « *LA RIVIÈRE SANS RETOUR* » ? DANS CE CAS, FILE EN 6

6.

La rivière, ça te semble une bonne idée !

Déjà, parce que votre oncle Pierre, c'est un type sérieux qui ne parle pas à la légère. Ensuite, parce qu'on accède au cours d'eau par un long toboggan très pentu sur lequel les bateaux doivent s'engager, et ça te tente bien. Tant qu'à faire, autant vous amuser un peu !

Octave a une longueur d'avance sur vous. Il est peut-être déjà là-bas, à vous attendre sur une embarcation ou sur l'autre rive ?

– *La Rivière sans retour*, ça me dit bien ! approuves-tu.

– C'est loin, on va perdre du temps, proteste Issa.

Tu pointes du doigt un panneau qui indique « Le Port » et tu lances :

– Raison de plus pour foncer !

Elle lève les yeux au ciel, tu te promets de te rattraper plus tard.

Le chemin à suivre longe les remparts jusqu'à un escalier, vous en grimpez les marches quatre à quatre et vous arrivez au port. La main en visière, tu scrutes la rivière et ses deux berges, toujours pas d'Octave en vue. Pourtant, avec son bonnet rouge, il est facile à repérer !

Devant vous, sur les rails, deux embarcations attendent leurs passagers.

Vous avez le choix entre le modèle *Croisière,* une simple barque rouge foncé qui a l'air d'attirer Issa, ou le modèle *Super Speed,* en forme de hors-bord, qui aura sans doute l'avantage de la vitesse.

SI TU PRÉFÈRES MONTER DANS LE « SUPER SPEED », VA EN 12

SI TU OPTES POUR « CROISIÈRE », RENDS-TOI EN 22

7.

– L'araignée, c'est plus près, remarques-tu.

C'est vrai, à dix mètres à peine. Et tu as envie de faire plaisir à Issa, qui te remercie d'un sourire craquant.

– Comme tu veux, concède Ismaël, à ta grande surprise.

Sans attendre, vous foncez vers *L'Araignée vorace*.

Même de loin, elle est impressionnante, noire et velue, on la dirait sortie d'un film d'horreur.

Son ventre énorme, en forme de soucoupe volante, repose sur le sol. Ses huit pattes sont repliées et bougent légèrement, comme si elle s'apprêtait à courir droit sur vous. Un petit frisson te parcourt les épaules. Tu n'as pas peur des araignées, celle-ci est fausse, mais quand même...

Lorsque vous arrivez devant elle, une passerelle sort de sa large bouche pour vous inciter à entrer à l'intérieur.

Vous vous dévisagez, et Ismaël s'avance le premier. Vous le suivez de près.

La bouche se referme derrière vous d'un claquement sonore, vous voilà dans le noir, juste éclairés par de petits points rouges qui s'agitent devant vous, au-dessus du sol.

Sous vos pieds, un filet tangue à chaque fois que vous bougez.

– On est dans sa toile, constate Issa. Trop bien !

L'obscurité s'estompe un peu. Les petits points rouges, ce sont les yeux de nouvelles araignées, de la taille d'un chien mais très réalistes, qui galopent de droite à gauche et vous empêchent d'accéder à la sortie, en face de vous.

– Ok, le but du jeu c'est de traverser en les évitant, déclare Ismaël.

– Non, c'est sans doute plus compliqué que ça ! rétorques-tu.

– Je te dis que si ! Et je pense même être capable d'y arriver du premier coup.

– En tout cas, pas d'Octave en vue, déplore Issa tandis qu'Ismaël se lance.

Il tente de zigzaguer entre les araignées, mais il est coincé à chaque fois, elles sont trop rapides et l'empêchent de passer.

– C'est impossible, lâche-t-il en revenant vers vous, dépité. Il doit y avoir un autre moyen.

Oui, mais lequel ?

POUR SORTIR DE CE PIÈGE ET TROUVER OCTAVE, REGARDE-BIEN AUTOUR DE TOI, EN 9

8.

Tu tends mieux l'oreille, elle a raison, tu entends quelque chose, toi aussi. Ta décision est prise !

Vous vous avancez sur le quai pour monter dans le premier wagonnet du train bleu.

Aussitôt, un éclat de rire machiavélique vous explose aux oreilles.

– Départ immédiat, direction « Peur au ventre », attachez vos ceintures ! lance une voix caverneuse.

D'après toi, ce genre de train, ça n'avance jamais très vite, alors tu te passeras de ceinture. Dès que possible, tu avanceras de wagonnet en wagonnet pour débusquer Octave.

Le convoi se met en route, lentement en effet, et au bout de dix mètres à peine vous dévalez une pente dans le noir le plus complet.

Toutes sortes de choses vous frôlent, des choses froides, gluantes ou humides suspendues à la voûte du tunnel.

Des cris retentissent, de peur ou de menace, une main ou une patte effleure vos cheveux, une autre vous pousse sur le côté. À chaque fois, vous sursautez et vous agrippez l'un à l'autre.

Lorsque vous roulez à nouveau sur du plat, vous allumez vos smartphones et quittez vos sièges. Dans la pénombre, des fantômes apparaissent, bras tendus vers vous, ainsi que des monstres grimaçants.

Ce ne sont que des effets spéciaux, mais ils sont très réussis, parfaitement effrayants.

Dans le wagonnet suivant un loup-garou très convaincant surgit, pour vous fixer de ses yeux injectés de sang, comme s'il voulait vous dévorer. Même si ce n'est que de la 3D, ça vous coupe la respiration !

Il disparaît, vous avancez, et soudain vous entendez un cri très humain, suivie d'un « Oh, non, c'est pas vrai » désespéré.

– Octave ! s'exclame Issa.

Ça y est, vous le voyez, il est debout dans le wagonnet suivant. Tu braques ta torche sur lui, il écarquille les yeux et tire sur la manette qui actionne une sonnette d'alarme.

Le train s'arrête dans un crissement de freins.

VITE, RATTRAPEZ OCTAVE EN 11

9.

– C'est comme dans les jeux vidéo, il y a forcément une solution cachée, déclare Issa.

Dans la pénombre, vous scrutez les parois, puis le filet sous vos pieds et enfin le plafond.

– C'est bon, j'ai compris ! t'écries-tu.

Au-dessus de vos têtes, il y a une autre toile d'araignée, sur laquelle reposent des boules blanches de la taille d'une balle de tennis.

– Des œufs, constate Issa.

– Oui, il faut sûrement les lancer sur les araignées ! affirmes-tu. Comme pour un chamboule-tout !

– Facile, à ce jeu je suis le meilleur, se vante Ismaël.

Vous tendez vos mains entre les mailles pour les attraper, et vous visez les bestioles. Dès que vous en touchez une, elle s'aplatit sur le sol, immobile.

Il vous faut plusieurs minutes pour venir à bout

de chacune, et Issa s'avère la meilleure tireuse, loin devant Ismaël ! Grâce à elle, la route est libre.

– Victoire ! crie-t-elle, une fois que vous êtes dehors. C'est sympa, en fait, cette attraction !

Tu esquisses une petite moue. C'est vrai, et autant profiter un peu des installations, mais ce qui serait encore plus sympa, ce serait de retrouver Octave et les clés !

– Bien joué, lance ce dernier depuis un haut-parleur. Même si vous avez perdu du temps et qu'il vous manque toujours le principal...

Et il fait tinter son trousseau de clés tout contre le micro.

Une nouvelle fois, vous regardez partout autour de vous, en vain. Où peut-il bien se cacher ?

– Pour vous aider, un nouvel indice, ajoute-t-il. Je suis peut-être au royaume de ceux qui sont éternels !

Vous consultez le plan du parc sur vos téléphones, et tu lâches :

– Pff, trop facile, c'est *L'Antre des fantômes,* déclares-tu.

– Mais non, *Vampires et compagnie*, évidemment ! assure Ismaël.

Que fais-tu ?

SI TU CONVAINCS TES AMIS DE FILER VERS « L'ANTRE DES FANTÔMES », COURS EN 55

SI TU TE RANGES À L'AVIS D'ISMAËL, VA EN 39

10.

Pas question de rendre les clés à Octave ! Toi aussi, tu es joueur, et vous avez largement le temps de vous amuser avant l'arrivée des vigiles.

– Issa, viens ! t'exclames-tu.

Tu fonces vers la porte, que tu pousses sans attendre. Tu grimpes les escaliers à toute allure, tu ouvres une seconde porte et tu prends la direction du pont de cordes.

Tu te retournes, Issa est là, mais pas Octave. Normal, il n'est vraiment pas sportif. À son tour d'essayer de vous attraper !

Tu accélères encore et soudain tu t'arrêtes net, un homme vient de faire irruption devant toi. Aïe, c'est le père d'Octave.

Il pose une main ferme sur ton épaule, il a l'air de très mauvaise humeur...

– J'ai reconnu vos vélos à l'entrée, gronde-t-il. Conduis-moi immédiatement auprès de mon fils.

Tu acquiesces, tête basse et mal à l'aise, et vous faites demi-tour.

– Je te promets que vous entendrez très longtemps parler de cette histoire, et vos parents aussi !

PERDU !

Et tu ne seras sûrement pas autorisé à remettre les pieds à Panik-Park avant longtemps... Rien ne t'empêche de reprendre depuis le début si veux que l'histoire se termine bien !

11.

Vous arrivez devant Octave au moment où il saute sur les rails.

– Qu'est-ce que tu fabriques ? lui cries-tu.

– J'ai eu peur du loup-garou, j'ai sursauté et j'ai laissé échapper les clés, t'avoue-t-il.

– Le train ne risque pas de redémarrer ? s'inquiète Issa.

– Non, aucun danger, j'en suis sûr. Une fois qu'on a tiré sur la sonnette d'alarme, il faut actionner une manette dans le wagonnet de tête pour qu'il reparte. Mais si on trouve les clés, on ne remonte pas dans le train, on file par là.

Du menton, il vous montre une porte, tout près.

– Dis, le train bleu, c'est pas vraiment en hauteur, remarques-tu.

– Fausse piste, marmonne Octave.

Pff, à ce petit jeu, vous auriez pu le chercher longtemps !

Vous le rejoignez sur les rails, et vous vous baissez, torche en avant, pour retrouver les précieuses clés.

– Je les vois, elles sont là, crie Issa, derrière la roue!

Tu plonges le premier, tu les attrapes, tu te redresses et tu cries «Victoire!»

TU RENDS LES CLÉS À OSCAR
POUR FILER VERS LA LIBERTÉ? VA EN 45

OU TU LES GARDES, PARCE QUE
TU AS UNE PETITE IDÉE DERRIÈRE LA TÊTE?
RENDS-TOI EN 10

12.

– On prend le *Super Speed,* ça doit être plus rapide, lâche Ismaël.

Et beaucoup plus amusant !

– Ok, c'est parti, t'exclames-tu, même si à nouveau la contrariété assombrit le visage d'Issa.

Ismaël enjambe déjà le rebord du bateau pour s'installer devant. Tu t'assois à côté de lui, Issa monte derrière.

Elle te tape sur l'épaule.

– Octave nous attend peut-être sur cet îlot, là-bas, au beau milieu de la rivière.

– Oui, bonne idée. De là, en grimpant sur un arbre ou sur le toit de la hutte, il a pu nous voir tout à l'heure.

Elle te sourit, ouf, elle ne t'en veut pas.

Vous rabaissez les harnais de sécurité, et Ismaël appuie sur le bouton Start, au milieu du faux tableau de bord.

Waouh, démarrage au quart de tour dans un rugissement de moteur, parfaitement imité, à faire pâlir une Formule 1 ! Et au bout de dix mètres à peine, vous basculez en avant sur le toboggan. La vitesse vous plaque à votre siège, vous hurlez de joie et de frayeur, éclaboussés par l'eau bien froide. Vous atterrissez trempés sur la rivière. Votre hors-bord quitte les rails, à vous de le diriger, maintenant. Pour cela, il vous suffit d'utiliser le volant ou d'appuyer sur le bouton Stop pour vous arrêter.

PRENDS LE VOLANT ET METS LE CAP SUR L'ÎLOT EN 53

13.

Tu paries sur *Le Palais des glaces,* parce qu'il faut bien faire un choix !

Tu entres dans le bâtiment en forme d'étoile, et tu es accueilli par un miroir déformant, où tu ressembles à t'y méprendre à un vampire. Sympa ! Tu continues dans le couloir devant toi, sur la pointe des pieds, pour prendre Octave par surprise. Tu jettes à peine un coup d'œil à ton reflet dans les autres miroirs, encastrés à droite et à gauche dans des recoins aménagés, où ton ami ne se cache pas.

Au bout de cette première branche de l'étoile, la lumière s'éteint, et c'est toi qui est surpris : sous tes pieds, le sol se met à tourner à toute allure, tu gardes difficilement ton équilibre. Lorsque ce manège imprévu s'immobilise, tu es à nouveau au centre de l'étoile, mais tu ne sais pas du tout de quelle branche tu arrivais…

– *La sortie est au bout de l'une de mes cinq branches,* t'informe une voix digitale.

Sans blague ! Et ton ami, il est où, lui ? Dans quel recoin de quelle branche, hein ?

Tu t'enfonces au hasard dans l'une d'elle, au pas de course, aller et retour, et à nouveau le sol tourne pour te désorienter.

Mais cette fois, quand la lumière revient, tu vois quelqu'un s'enfoncer dans un recoin, dans une branche sur ta droite. Octave, forcément !

TU POUSSES UN SOUPIR DE SOULAGEMENT, ET TU LUI FONCES DESSUS, EN 14

14.

Cette fois, tu le tiens ! Plus que deux pas avant de lui mettre la main dessus.

– C'est fini, Octave ! le préviens-tu.

Mais quand tu contournes le recoin, tu pousses un cri à la fois effrayé et déçu.

Devant toi, juste un clown tueur qui saute en l'air. Il ricane avant de s'éloigner de sa démarche raide d'automate et de s'immobiliser, le regard vide.

Tu pousses un soupir découragé. Ton ami n'est pas là, mais toi, si... et sûrement pour un bon moment, car cette attraction est particulièrement piégeuse. La sortie n'est pas indiquée, et à moins d'un gros coup de chance, tu risques de tourner en rond longtemps avant de trouver la branche de l'étoile qui mène à la sortie...

Et le pire, c'est que tu entends une voix d'homme, dehors, qui crie : « Cosmo, arrête de tirer sur la laisse ! »

Pff, les vigiles sont déjà là, très en avance.

C'est fichu, et tu penses déjà à la réaction de tes parents quand ils vont comprendre ce que tu as fait cet après-midi !

DOMMAGE !

Pour retrouver les clés et te réconcilier avec Octave, une seule solution, recommencer ta lecture du début !

15.

Deux équipes, c'est la formule idéale, vous gagnerez du temps !

– Je pars de mon côté, déclare Ismaël, en vous regardant un peu de haut, comme si vous étiez deux boulets dont il ne veut pas s'embarrasser.

Ça tombe bien, tu préfères de loin la compagnie d'Issa.

Tu la regardes, un peu gêné. Vous ne vous connaissez pas depuis longtemps, tu ne sais pas si elle a envie de faire équipe avec toi, mais elle te rassure en te présentant sa main pour un check.

Vous affichez le plan du parc sur l'écran, il vous reste à choisir vos destinations.

– C'est simple, on le joue à chifoumi ! propose Issa. Le gagnant choisit la partie du parc que son équipe explorera.

– Faites-le tous les deux, proposes-tu. Moi je suis nul à ce truc-là.

Donc c'est un match Issa-Ismaël, en trois coups. C'est parti, pierre-feuille-ciseau. Ils ont l'habitude, ça se voit, et c'est vite réglé : Ismaël sort vainqueur.

– Sans aucune hésitation, ce sera *Épouvante* pour moi, s'exclame-t-il.

Dommage, tu aurais aimé qu'Issa puisse explorer *Épouvante,* comme elle le souhaitait. Parce que, même si vous êtes pressés de retrouver Octave et ses clés, vous avez bien envie de découvrir les attractions au passage.

L'heure tourne, il faut y aller, vous vous élancez vers la porte.

Une fois dehors, ta partenaire et toi partez à gauche sans attendre, pour suivre le panneau *La Rivière sans retour*, puisque vous devez passer sur l'autre rive.

Après deux minutes, vous vous arrêtez net, la voix d'Octave, puissante, sort des haut-parleurs.

– Deux équipes, bien vu ! La première qui me trouvera gagnera deux tickets pour la fête d'inauguration et une journée gratuite à Panik-Park. Dépêchez-vous, le temps passe vite !

Tu te souviens d'avoir vu Octave emporter quelque chose tout à l'heure, ça devait être un micro !

– Il doit être caché dans un endroit d'où il peut nous observer, constates-tu. Sûrement en hauteur, dans l'un des manèges de *Frissons*.

Vous pressez le pas, encore plus motivés. Et tu es rassuré : si Octave joue avec vous, c'est qu'il n'est pas si fâché que ça !

POUR TRAVERSER « LA RIVIÈRE SANS RETOUR », RENDEZ-VOUS EN 16

16.

Vous courez entre les attractions d'*Épouvante* sans même leur jeter un coup d'œil, et vous voilà face à la large rivière. Elle est secouée de vigoureux remous, vous reculez pour éviter d'être éclaboussés. Devant vous, un petit panneau où figurent deux flèches : celle de droite vous un indique un pont en cordage, en hauteur, qui bouge dans tous les sens. Ce chemin semble direct, mais assez compliqué. Si vous ne trouvez pas vite votre équilibre, vous risquez de perdre du temps. Celle de gauche signale un sous-terrain qui permet lui aussi d'accéder à *Frissons*. Mais qui sait ce qui s'y cache ?

Vous vous dévisagez. Comment traversez-vous ?

INQUIETS, VOUS EMPRUNTEZ LE SOUS-TERRAIN EN 26

VOUS VOUS ENGAGEZ SUR LE PONT DE CORDE, FILEZ EN 17

17.

– Le pont est plus près, et le sous-terrain, je me méfie, on ne sait pas ce qu'on pourrait y trouver, avances-tu.

– Je suis d'accord, aucune envie de me retrouver coincée avec des zombies, approuve Issa.

Toi non plus. Les zombies, c'est ta phobie. Rien que d'y songer, ça te donne la chair de poule !

Le pont de cordes gigote dans tous les sens, très instable, mais vous ne vous en sortez pas trop mal. Bien sûr, vous tombez plusieurs fois. Vous vous aidez à vous relever et c'est reparti. C'est plutôt amusant, en fait, et il te semble que c'est un bon présage !

Vous posez le pied à terre, sur l'autre rive. En face de vous, l'espace restauration, sans intérêt. Sur votre droite, des attractions, sur votre gauche, des manèges. Octave peut être n'importe où...

Tiens justement, sa voix résonne dans les haut-parleurs.

– Prêts pour des frissons, Melvil et Issa ? s'exclame-t-il. Allez, je vous aide ! Dans la vie, parfois, il faut prendre de la hauteur pour voyager... Mais n'oubliez pas que je préfère peut-être l'épouvante aux frissons, finalement.

Super, une façon de vous dire que vous n'êtes pas forcément au bon endroit !

L'agacement doit se lire sur ton visage, parce qu'Issa lâche :

– Tu parles, je suis certaine qu'il fait pareil avec Ismaël !

Oui, sans doute.

– De la hauteur pour voyager... répètes-tu.

Vous consultez le plan de *Frissons,* sur un grand panneau. Tu pointes deux attractions du doigt.

– C'est soit ce manège, *La Fusée infernale,* soit *Le Train de l'horreur,* qui grimpe assez haut, apparemment.

– La fusée, c'est sans moi, je ne supporterai pas, j'ai vite le vertige ! déclare ton amie. Le train, par contre, ça devrait aller à condition qu'il ne roule pas trop vite et ne monte pas trop haut.

Elle te regarde, l'air un peu embêtée.

– Désolée, ça ne nous simplifie pas la tâche.

C'est le moins qu'on puisse dire, mais tu te tais, tu n'as pas envie de la vexer. On a tous nos petites faiblesses !

Alors, que préfères-tu ?

T'ENVOLER AVEC « LA FUSÉE INFERNALE » ? RENDS-TOI EN 19

MONTER DANS « LE TRAIN DE L'HORREUR » ? VA EN 28

18.

Tu préfères les «Affamés», car tu crains que les «Sanguinaires» soient des zombies, une de tes plus grandes peurs.

Tu entres dans le box, te voilà face à des têtes de loups, de lions, de tigres ou de requins qui semblent te fixer. Ils vocifèrent leur faim de façon un peu inquiétante, font claquer leurs dents, mais ça va, tu gères.

– Dépêche-toi, Melvil, les vigiles seront bientôt là, te prévient Octave qui, de toute évidence, n'est pas là, lui.

Tu hausses les épaules, tu n'as aucune envie de lui répondre.

Mais au fait, s'il te voit, c'est que...

Ça y est, tu sais où il est!

Tu explores la gueule du lion, du loup, et tu trouves le bouton de la sortie dans celle du requin. Vite, tu quittes le chapiteau, tu te précipites en direction de l'entrée de Panik-Park, vers Octave, les clés et la victoire !

Mais tu vois Issa et Ismaël s'y engouffrer, ils t'ont devancé…

Ils ont compris avant toi qu'Octave venait de se réfugier dans le local technique pour vous observer même dans les lieux fermés et sans fenêtre !

PEUT MIEUX FAIRE.

Vous allez pouvoir quitter le parc, c'est vrai,
mais ce n'est pas grâce à toi. Et tu n'as pas eu l'occasion
de t'expliquer avec Octave, ni de te montrer
sous ton meilleur jour auprès d'Issa !
Si tu veux faire mieux, reprends ta lecture
et prends d'autres décisions !

19.

Tu préfères commencer par *La Fusée infernale*. À son bord, vous prendrez vraiment de la hauteur. Le train, lui, ne grimpe que trois ou quatre mètres au-dessus du sol.

– Franchement, je crois que la fusée, c'est une meilleure piste. Regarde, elle mène au sommet de *L'Affreux volcan,* une super cachette pour Octave, non ?

Issa fronce le nez.

– Peut-être, mais sans moi ! Je t'accompagne mais je ne monte pas.

Elle est contrariée, tu le vois bien. Ça t'embête, mais tu pars quand même en courant vers la fusée, ta priorité c'est de retrouver Octave et de sortir du parc avant l'arrivée des vigiles !

Les manèges sont tous plus vertigineux les uns que les autres. Quand Panik-Park sera ouvert, il y aura une ambiance de folie !

Au bout de quelques minutes, vous voilà devant un vaisseau spatial, d'un rouge flamboyant.

Que fais-tu ?

TU MONTES SEUL À BORD?
FILE EN 61

TU TENTES DE CONVAINCRE ISSA
DE T'ACCOMPAGNER? VA EN 42

20.

Les pleurs sonnent vrais, cela t'intrigue et tu suis la main qui veut t'emmener plus haut. Pas d'escalier, ni de piège pour l'instant, juste une montée en pente douce, avant d'arriver à un étage, ou une mezzanine, tu ne sais pas.

Tu entends renifler à quelques mètres de toi, puis une torche s'allume, braquée sur ton visage :

– C'est toi, Melvil ?

Octave !

Tu le vois grâce au halo de sa torche, il est assis à quelques mètres de toi, les jambes allongées, les épaules voûtées et le visage trempé de larmes. Le trousseau de clés est là, lui aussi, par terre à côté de lui.

– Qu'est-ce qui t'arrive ? murmures-tu en t'approchant.

– Je me suis planté...

– Hein ?

– Quand j'ai regardé l'heure à laquelle les vigiles font leur tournée, je me suis planté. Je viens de vérifier, ils arrivent dans vingt minutes, en fait. On est fichus !

– Je croyais que vous étiez copains, lâches-tu.

– Pas tant que ça en fait. Ils vont appeler mon père, et là...

– Vingt minutes, c'est jouable, lève-toi, ordonnes-tu. Où est la sortie ?

Du pouce il montre l'autre bout de la mezzanine.

– C'est trop tard, souffle-t-il, découragé. Je ne cours pas assez vite, c'est fichu je te dis.

– Mais non, lève-toi, allez !

– Ça sert à rien, je te dis !

Ce qu'il peut être têtu quand il s'y met !

Mais après tout, tu n'es pas obligé de l'attendre...

SI TU DÉCIDES DE PRENDRE LES CLÉS ET LA FUITE, COURS EN 23

SI TU PRÉFÈRES LE CONVAINCRE DE TE SUIVRE, VA EN 33

21.

– Il faut prendre le train rouge, celui qui grimpe, c'est évident ! lâches-tu. Souviens-toi, Octave a parlé de hauteur.

Issa écarquille les yeux, pas d'accord du tout.

– Attends, je suis sûre qu'il y a quelqu'un dans l'autre !

Mais tu es déjà sur le quai et tu grimpes dans le premier wagonnet. Issa s'assied en face de toi, sourcils froncés.

Vous vous attachez, une voix annonce le départ et vous vous enfoncez dans le tunnel, aussitôt assaillis par des créatures qui s'acharnent à vous effrayer.

Peu importe, tu restes concentré sur ton objectif : Octave et ses clés sont au bout du chemin, tu en es sûr ! Sauf qu'en haut de la montée, lorsque le train fait une petite halte, tu entends Issa pousser un gémissement.

– Ça va ? demandes-tu.

Tu allumes ta torche, elle est pliée en deux.

– Non, pas du tout, vertige, mal des transports, parvient-elle à t'expliquer. Faut que je sorte de là !

Mais le train redémarre, et tu n'oses pas lui dire qu'après la descente vous attaquerez une autre montée, en mode « montagnes russes ».

Elle gémit de plus en plus fort, si ça continue elle va s'évanouir, tu dois agir ! Tu appuies sur le bouton Urgence situé sur ton accoudoir et le train stoppe brusquement.

Vous allez devoir faire demi-tour à pied, le long des rails, même si ça fait un sacré bout de chemin ! Tu l'aides à descendre, elle s'agenouille par terre.

– Désolée, murmure-t-elle, mais je ne vais pas pouvoir me relever avant un bon moment.

Tu t'assois à côté d'elle, tu attends patiemment qu'elle reprenne le dessus, puis au bout d'un bon quart d'heure tu proposes :

– Monte sur mon dos, je vais te porter !

Vous vous mettez en route, mais vous avancez lentement. Tu fais attention à chaque pas, car les gros cailloux au bord de la voie risquent de vous faire tomber.

Malheureusement, quand vous voyez enfin le bout du tunnel, vous entendez des aboiements, pas loin… Oh non, les vigiles sont déjà là.

DOMMAGE !

Tu n'as pas été assez rapide.
Pour retrouver Octave et ses clés avant l'arrivée des vigiles, prends de meilleures décisions !

22.

– Je crois que le mode « croisière », c'est plus sûr, lâches-tu. On aura le temps d'observer les alentours, peut-être qu'on verra Octave.

Issa pousse un soupir de soulagement, tu es content.

– T'as raison, appuie-t-elle. Si on va trop vite on risque de passer à côté de quelque chose d'important.

De toute façon, vous ne laissez pas le choix à Ismaël, vous vous asseyez tous les deux à l'avant du bateau. Ton cousin s'installe derrière en marmonnant entre ses dents.

Issa appuie sur le bouton Start, c'est parti.

Vous avancez jusqu'à l'entrée du toboggan dans la pente duquel votre bateau s'engouffre brusquement pour une descente vertigineuse ponctuée par vos cris.

Une fois sur la rivière, vous poussez tous des ouf de soulagement. Ça va, vous n'êtes pas trop mouillés, les rebords assez hauts du bateau vous ont protégés.

Votre barque chemine lentement, c'est un peu ennuyeux, mais ça vous permet d'inspecter le parc, sur les deux rives.

– On devrait s'arrêter sur l'Îlot des naufragés, c'est le seul endroit où Octave peut nous attendre, constate Ismaël.

– Non, attendez, je crois que je viens de le voir, côté *Épouvante,* s'exclame Issa.

Elle pointe le doigt au loin.

– Là-bas, la petite tâche rouge, tout au bout, près du château bizarre, c'est son bonnet!

Aussitôt, elle sort son portable pour consulter le plan du parc.

– Le château bizarre, c'est *L'Antre des fantômes,* vous informe-t-elle.

– Ok, je vais essayer d'accoster sur la rive, déclares-tu, une main sur le volant.

Aussitôt dit, aussitôt fait, la barque stoppe, parallèle à la rive d'*Épouvante.*

Vite, vous grimpez sur la terre ferme et courez.

VOUS RATTRAPEREZ PEUT-ÊTRE OCTAVE EN 44

23.

Après tout qu'il se débrouille, tu l'aimes beaucoup, mais tu ne vas quand même pas te sacrifier pour lui.

Tu te baisses pour rafler les clés, et tu démarres au quart de tour, direction la sortie. La main blanche te précède et les yeux t'encerclent, mais tu ne leur prêtes aucune attention.

– Melvil, non, ne fait pas ça, s'écrie Octave.

Tu ne l'écoutes pas, tu fonces.

Tu n'entends son « Attention ! » qu'au moment où tu arrives au bout de la mezzanine.

Tu ne peux pas t'arrêter, emporté par ton élan, et... tu tombes dans le vide en hurlant !

Heureusement, en bas, d'épais matelas t'accueillent sur lesquels tu rebondis, avant de te relever.

Tu t'es fait un peu mal au dos, mais ça va. Fébrile, dans le noir, tu plaques tes mains sur les parois de l'espèce de cube dans lequel tu es tombé et tu trouves une porte qui mène dehors.

Tu n'as jamais couru aussi vite de ta vie ! Direction le port, tu montes les escaliers, tu passes devant les bateaux et tu redescends, côté *Épouvante*. Avec ton téléphone cassé, tu ne peux pas alerter Issa et Ismaël, alors tu hurles leurs noms, sans succès. Tant pis !

Tu y es, tu pousses la porte à double battant par laquelle vous êtes sortis dans le parc et... tu te retrouves nez à nez avec un vigile et son molosse !

RATÉ !

**Non seulement c'est perdu, mais tes amis risquent de t'en vouloir de ta fuite en solo...
Sans parler de ton amitié avec Octave...
elle vient d'en prendre un sacré coup.
Pour quitter Panik-Park, recommence ta lecture et prends d'autres décisions !**

24.

Le cercueil, ce sera sans toi !

Tu te dépêches de le contourner, tu enjambes trois squelettes et tu essaies en vain d'ouvrir la porte « Paradis ».

Vite, tu traverses la salle pour gagner l'« Enfer » et là, miracle, la porte s'ouvre. Tu entres dans une petite salle très sombre, éclairée par la lumière qui sort d'une tête de mort.

Tu aurais dû retenir la porte, elle vient de claquer derrière toi, te voilà enfermé...

Vite, tu cherches le moyen de sortir d'ici.

Trois têtes de mort, par terre, semblent te regarder en souriant. Sur chacune d'elle, là aussi, un chiffre : 3, 7 et 9. Tu as repéré un boîtier à côté de la porte, il faut sûrement taper un code.

Ouf, c'est facile, il te suffit d'essayer toutes les combinaisons possibles de ces trois chiffres.

TROUVE LA BONNE COMBINAISON EN 27

25.

Vous tombez tout de suite d'accord : le parc est immense, vous aurez plus de chances en cherchant Octave chacun de votre côté. Vous vous tiendrez au courant par téléphone. Rendez-vous au local technique dès que l'une ou l'un d'entre vous aura mis la main sur les clés !

Après une nouvelle discussion agitée, vous tombez d'accord pour vous répartir les attractions.

Pour toi, côté *Épouvante,* ce sera *La Jungle infernale* et *Monstres voraces.* Côté *Frissons,* tu exploreras *Nuit de cauchemar* et *Affreux cimetière.*

En tout cas, tu vas tout faire pour gagner. Pour t'échapper du parc et te réconcilier avec ton ami, déjà, mais aussi pour voir un sourire admiratif s'afficher sur le visage d'Issa.

SI TU PRÉFÈRES DÉBUTER PAR « ÉPOUVANTE », VA EN 35

SI TU PRÉFÈRES « FRISSONS », FILE EN 32

26.

– Je crois qu'on ira plus vite en empruntant le sous-terrain, proposes-tu.

Issa lève le pouce en l'air et vous foncez pour arriver devant l'escalier qui y mène. Il est surmonté d'une croix massive, plantée dans le sol, sur laquelle il est noté en lettres rouges dégoulinantes : « Attention, vous pénétrez dans mon territoire. »

Vous vous regardez, une petite moue perplexe sur les lèvres, et vous dévalez les marches rapidement. Le temps presse.

– Peut-être des vampires, suggères-tu.

L'escalier descend en profondeur, il y fait froid, et c'est bien sombre ! Tu frissonnes malgré ton anorak, et tu t'arrêtes une fois en bas.

Vous n'avez pas le choix, vous devez vous enfoncer dans le tunnel obscur qui s'ouvre devant vous…

Vous échangez un coup d'œil pour vous donner du courage, et vous y pénétrez d'un même pas.

AVANCE EN 30

27.

Heureusement, il n'y a que six combinaisons possibles. La porte de l'« Enfer » s'ouvre à la quatrième, 793.

Tu sors et tu regardes les cinq cercueils numérotés. Là aussi, tu dois trouver la combinaison qui ouvre la porte du « Paradis ». Ça se complique, car le nombre de possibilités te paraît énorme, même si tu ne parviens pas à les compter !

Tu souffles, découragé, et tu sursautes quand tu entends Issa crier, dehors :

– Melvil, t'es dans le cimetière ?

– Ouiiii ! cries-tu de toutes tes forces.

– On est devant la porte, Octave nous a envoyé un SMS, il est parti sans nous. Le vigile arrive plus tôt que prévu, dans un quart d'heure ! Sors, dépêche-toi !

– Je ne peux pas.

Tu leur expliques la situation et tu termines par :

– Donc il y a un code secret ! Je dois trouver une

combinaison avec 1, 3, 5, 7, 9... C'est pas gagné !

– Impossible, t'as 120 possibilités, réplique Ismaël, le fort en maths.

Tu ne vas quand même pas rester coincé éternellement entre l'« Enfer » et le « Paradis » !

– Attendez, s'exclame Issa, il y a peut-être plus simple. Si on entre dans le cimetière, la grille en bas de l'escalier va s'ouvrir pour nous laisser passer, non ? Il suffit peut-être que Melvil en profite pour sortir.

Elle joint le geste à la parole, et ça marche !

La grille se soulève, tu te précipites dessous et, en haut de l'escalier, tu te jettes dans les bras de tes amis.

– Dans son message, Octave nous a indiqué une issue de secours, t'explique Issa. Et il a laissé la clé sur la porte de la palissade, pour qu'on puisse sortir et fermer derrière nous. Vite, on fonce.

PAS MAL !

Même si vous n'avez pas trouvé Octave, vous êtes sortis ensemble du parc sans vous faire prendre, bravo ! Mais si tu veux retrouver Octave toi-même et t'assurer que vous êtes toujours amis, recommence ta lecture et tente d'autres choix.

28.

Pas question d'infliger la fusée à Issa.

– Je vote pour le train ! annonces-tu.

Elle te remercie d'un « Yes ! » retentissant et t'attrape la main pour t'entraîner vers la gare. Un sourire béat s'affiche sur ton visage. Quelle que soit l'issue du voyage, tu ne regretteras pas ton choix !

Face à la gare, un grand panneau vous indique deux trajets possibles : « Peur au ventre », dans un train bleu, ou « Peur panique », à bord d'un train rouge.

En empruntant « Peur au ventre », vous descendrez en sous-sol. Avec « Peur panique », vous grimperez le long d'une colline.

Octave a parlé de « prendre de la hauteur ». Le train rouge te semble plus adéquat. Néanmoins, tu hésites. Tu demandes à ton amie :

– Tu as une préférence, Issa ?

Elle se fige, le doigt en l'air.

– C’est bizarre, je viens d’entendre un bruit, comme s’il y avait quelqu’un dans le train bleu.

Tu n’as rien entendu, mais tu ne doutes pas de sa parole.

Que décides-tu ?

TU SUIS L’INTUITION D’ISSA? PRENDS LE TRAIN BLEU EN 8

OU TU TE FIES À L’INDICE D’OCTAVE? MONTE DANS LE TRAIN ROUGE EN 21

29.

Waouh, la fusée descend en piqué, à toute allure. C'est flippant, tu te demandes même si elle ne va pas s'écraser au sol !

Ouf, elle décélère enfin, sur les dernières secondes, avant de se poser en douceur. Tu soulèves ton harnais de sécurité, la porte se déverrouille et tu descends pour inspecter le cratère du volcan, qui ne semble pas tout à fait terminé.

On dirait juste un hangar, avec un immense échafaudage qui longe deux des parois. Pas de créature effrayante ou d'attraction, ni d'Octave, tu es déçu. Mais le pire, c'est que la fusée repart sans toi, aussi vite qu'elle est venue !

Te voilà seul au milieu de nulle part, sans moyen de remonter à la surface... Si le parc prévoit un ascenseur ou des escaliers pour les malchanceux comme toi, ce sera pour plus tard...

À moins que tu escalades l'échafaudage ? Ça n'a

pas l'air compliqué, il y a des marches en fer qui permettent de passer de niveau en niveau.

Ça ne te fait pas peur et tu entames ton ascension avec prudence.

Mais voilà qu'à mi-parcours tu regardes en bas, et pour la première fois de ta vie tu éprouves un vertige qui te fait tourner la tête. Vite, tu t'assois sur une des larges planches de l'échafaudage. Après quelques minutes, tu comprends que tu ne trouveras jamais le courage de continuer à monter...

Tu composes le numéro d'Issa, et tu lui avoues piteusement que toi aussi, tu ne résistes pas au vertige.

– Ok, t'inquiète pas, te répond-elle. Je préviens les autres, on va trouver le moyen de te sortir de là. Et surtout, ne bouge plus.

Tu es rassuré, mais bien obligé de réaliser qu'il y a peu de chances que tes amis parviennent à te libérer avant l'arrivée des vigiles !

DOMMAGE !

Tu étais bien lancé...
Allez, reprends ta lecture. Et cette fois, ne te laisse pas tenter par les profonds cratères.

30.

Vous vous engouffrez presque en aveugle dans le tunnel, et vous entendez tout de suite des grognements, des bruits de gorge effrayants, très proches. Instinctivement, vous vous rapprochez l'un de l'autre.

– C'est quoi ? chuchotes-tu.

– Je parie sur des zombies !

Oh non, le seul truc qui te fasse vraiment peur, surtout depuis que tu as regardé *La Planète des morts-vivants* ! Tu inspires à fond, ce n'est pas le moment de flancher. Issa, elle, semble plus à l'aise. Vous n'y voyez pas grand-chose, les fausses torches aux murs diffusent une lumière faible, mais suffisante pour que vous distinguiez soudain le cercueil qui vous barre la route, à quelques pas.

– On doit pouvoir l'enjamber sans problème, assure Issa.

Oui... mais non, car quand vous vous en approchez, il se met à bouger dans tous les sens, de haut en bas, de droite à gauche, très vite, et vous empêche de passer.

– Il y a sûrement quelque chose à faire pour que ça s'arrête, souffle ton amie.

Elle éclaire le lieu avec son smartphone, pas de bouton en vue…

« Peut-être qu'il faut juste ouvrir le cercueil pour qu'il s'arrête de bouger », penses-tu. Au risque d'être horrifié par ce que vous trouverez à l'intérieur…

Tu t'armes de courage, tu t'avances.

– Je crois qu'on doit essayer de soulever le couvercle, prononces-tu d'une voix blanche.

Pas simple, avec ce cercueil qui a la bougeotte. Vous échouez à plusieurs reprises, et lorsqu'enfin vous y parvenez, alors qu'il est au sol, tu pousses un terrible hurlement : le zombie qui en surgit est digne d'un film d'horreur, vêtu de loques, lui-même en lambeaux de chairs pendantes, la bouche grande ouverte comme pour vous mordre. Tu t'accroches à Issa, qui n'a même pas frémi, et tu pousses un énorme soupir de soulagement quand le couvercle se referme et s'immobilise.

– Moi, c'est les serpents qui me font cet effet, déclare Issa.

Tu hoches la tête, reconnaissant. Elle ne s'est pas moquée de ta peur, c'est super !

SERRE LES DENTS
ET CONTINUEZ EN 56

31.

Tu t'en veux un peu de laisser tomber Issa, mais le plus urgent pour vous tous, c'est de retrouver Octave. Et tu aimerais bien être celui qui y parvient !

Tu pénètres sous le chapiteau, tu pousses une porte, et un grand sourire s'affiche sur ton visage : là, au moins, c'est clair ! Un panneau t'explique qu'il te suffit d'enfoncer ta main au fond de la gueule des monstres jusqu'à ce que tu trouves le bouton qui déverrouille la sortie.

Tu regardes autour de toi, les monstres sont répartis dans deux grands boxes, les « Sanguinaires » ou les « Affamés ». Octave est peut-être dans l'un d'eux !

Par quoi commences-tu ?

LES « SANGUINAIRES » ? RENDEZ-VOUS EN 41

LES « AFFAMÉS » ? VA EN 18

32.

Tu veux débuter par *Frissons,* car tu te souviens qu'Octave voulait vous y mener. C'est sans doute la partie de Panik-Park qu'il préfère !

Une fois dehors, tu cours sans t'attarder entre les attractions d'*Épouvante* et tu t'arrêtes devant *La Rivière sans retour*. Tu consultes le plan que tu as photographié, et tu constates qu'il y a trois façons de traverser. Tu écartes d'office le pont de cordes et le sous-terrain, où tu risques de perdre du temps, et tu pars sur la droite pour filer jusqu'au port. C'est un peu plus long, mais plus sûr. Tu grimpes en haut de l'escalier, tu regardes avec envie les bateaux qui attendent leurs passagers pour se précipiter dans un vertigineux toboggan, et tu descends l'autre escalier qui mène vers *Frissons*.

Tu décides de t'aventurer d'abord dans *Nuit sans visage,* parce que tu te demandes de quoi il s'agit.

TU COURS ASSOUVIR TA CURIOSITÉ EN 38

33.

Tu résistes à la tentation de prendre les clés et de te sauver comme un voleur. Laisser tomber tes amis, ce n'est pas ton genre.

Tu te penches, tu attrapes le bras d'Octave et tu le forces à relever.

– Allez, tu peux y arriver ! Souviens-toi, le cross, à la rentrée... Tu voulais pas le faire, tu t'es forcé et t'es arrivé au bout, alors là, c'est pareil. Où est la sortie ?

Une fois debout, il s'essuie le visage, et t'emmène au bout de la mezzanine, qui donne dans le vide.

– Le problème c'est qu'il faut sauter, c'est haut et ça me fait peur, avoue-t-il.

Tu prends son téléphone pour mieux voir ce qui t'attend en bas, et tu souris : d'énormes matelas amortiront votre chute.

– Tu ne risques rien, je te le promets ! le rassures-tu. Allez, à trois, on y va !

Tu comptes lentement, tu l'entends retenir sa respiration, et vous vous élancez en hurlant.

Lorsqu'Octave se relève, il s'écrie :

– Trop cool ! T'avais raison !

Il éclaire les parois qui vous entourent, te montre la porte du menton et vous voilà à l'air libre, en plein jour, ça fait du bien !

– On n'a pas le temps de revenir à la case départ, affirme-t-il, mais il y a d'autres issues, viens.

– Préviens vite les autres !

Il n'hésite pas, il leur envoie un message vocal groupé : « Voilà le vigile, faut sortir tout de suite ! Si vous êtes dans *Épouvante,* il y a une porte dans le mur, en trompe-l'œil, à côté de *Vampires et compagnie.* Dans *Frissons,* la porte est derrière les montagnes russes. Elles sont pas verrouillées, le serrurier a pas encore fini son chantier. Elles donnent sur la palissade, on s'attend devant nos vélos ! »

Vous vous précipitez vers les montagnes russes, pas très loin, vous poussez la porte et vous ruez vers les vélos. Issa y est déjà, essoufflée, mais pas Ismaël.

Vous vous dévisagez, inquiets, quand il déboule enfin.

Octave sort ses clés, vous passez de l'autre côté de la palissade, et vous pédalez de toutes vos forces pour vous éloigner de Panik-Park.

BRAVO !

C'est un sans-faute !
Cet épisode a consolidé ton amitié avec Octave, et vous êtes tous tirés d'affaire. Quelle réussite !

34.

Tu es à peu près sûr qu'Octave n'est pas là, sinon, il se serait manifesté. Donc pour toi, c'est évident, tu dois sortir d'ici !

Tu ouvres le cercueil blanc et une petite voix métallique te souffle :

– Allonge-toi, je t'en prie.

Si on t'avait dit qu'un jour tu te coucherais de plein gré dans un cercueil !

Tu t'exécutes, pas très à l'aise, et le couvercle se referme... Claustrophobes s'abstenir.

POUR QUITTER CETTE SALLE LUGUBRE EN CERCUEIL PREMIÈRE CLASSE, C'EST EN 64

35.

Tu choisis *Épouvante,* sans hésitation. Les attractions ont l'air plus excitantes de ce côté-là, et même si tu es pressé, tu ne t'interdis pas d'en profiter un peu si l'occasion se présente. Tu vois Ismaël foncer droit sur la rivière et Issa s'avancer jusqu'à *Vampires et compagnie.*

Toi, tu pars plus à gauche, tu vas commencer par *La Jungle infernale,* l'attraction la plus proche de toi.

Tu cours, tu esquives deux faux clowns tueurs qui te barrent la route et tu touches presque au but lorsqu'une voix bien connue jaillit des haut-parleurs.

– Vous vous éparpillez..., je ne sais pas si c'est une bonne stratégie, commente Octave, moqueur. Il ne vous reste qu'une heure dix avant que les vigiles et leurs molosses ne viennent nous rendre visite. Allez, venez me chercher, plus vite que ça!

Hum, il connaît le parc comme sa poche, il

vous observe en restant caché. Et le micro qu'il a pris juste avant de vous quitter lui permet de vous mettre des petits coups de pression. Malin !

Une heure dix, c'est vite passé, alors tu fonces vers la porte de *Jungle en folie*, une grande construction en forme de dôme en partie vitrée.

OUVRE-LA EN 37

36.

Pas question de te laisser déconcentrer par cette nouvelle main, tu continues droit devant. En chemin, tu rencontres un punching-ball, un tapis roulant qui n'avance presque pas et un truc mouillé que tu écartes d'un geste dégoûté.

Ton pas suivant est le dernier, car si tu en crois ce que tu touches, tu es face à un mur, et la main te fait maintenant signe de faire demi-tour.

– Oh, non, c'est pas vrai, tu t'écries, totalement dépité.

Tu n'as quand même pas fait tout ce parcours pour revenir sur tes pas !

Mais le pire, c'est cette voix de femme que tu entends soudain...

– Service sécurité, on ne bouge plus, tonne-t-elle, d'un ton qui donne tout de suite envie de lui obéir.

Tu te figes, désespéré.

C'est une vigile et son chien... Octave a dû se tromper sur l'horaire de leur venue. D'ailleurs, les sanglots redoublent d'intensité, au-dessus de ta tête. C'est peut-être lui...

C'EST PERDU !

Dommage, tu étais sur une bonne lancée !
Pour quitter Panik-Park sans rencontrer de vigile ni de molosse, reprends ta lecture et suis d'autres chemins !

37.

Pouah, il fait chaud et humide, là-dedans.

Et c'est vraiment la jungle ! Te voilà entouré de végétation, c'est un peu oppressant.

– Octave ? Tu es là ?

On ne sait jamais... Pas de réponse, à part un drôle de bruit, au sol, comme si quelqu'un avançait en rampant dans ta direction. Tu vérifies, non, c'est bon, tu ne vois rien de suspect.

Au travers des branchages, tu aperçois des vivariums de tailles variées. Ils doivent abriter toutes sortes de petites bêtes tropicales, tu as bien envie d'aller y jeter un coup d'œil vite fait. Tu suis les flèches par terre, elles semblent y mener, mais en même temps tu regardes partout, pour ne pas louper ton ami qui se cache peut-être derrière un tronc épais.

Tu contournes un bananier quand soudain tu pousses un hurlement : là, devant toi, un énorme serpent, qui se dresse et darde sa langue dans ta direction. Et un autre, encore plus gros, derrière toi ! C'était eux qui rampaient vers toi...

Tu as envie de hurler au secours, mais tu essayes de garder ton sang-froid. Ce sont de faux reptiles, forcément. Il faut juste que tu trouves le moyen de t'en débarrasser.

La voix d'Octave retentit à nouveau depuis un haut-parleur, mais à l'intérieur du bâtiment, rien que pour toi :

– Je crois qu'ils ont faim, Melvil.

S'il te voit, c'est qu'il n'est pas loin, juste de l'autre côté des vitres de *Jungle en folie*.

– C'est bon, maintenant, montre-toi, répliques-tu, même si bien sûr il ne peut pas t'entendre.

– Si tu veux mon avis, reprend-il, ces deux serpents sont affamés !

Donc tu dois chercher de quoi nourrir les deux bestioles. En levant la tête, tu aperçois des fausses bananes.

Tu en attrapes deux, tu les enfournes dans la gueule des serpents qui s'affaissent au sol, comme repus.

Ça, c'est réglé !

Sans attendre, tu te rues vers la seconde salle, qui mène à la sortie.

Tu t'arrêtes sur le seuil, les yeux écarquillés : la végétation est tellement abondante que tu ne peux pas avancer. Une seule solution, grimper sur ce tronc, devant toi, qui monte presque au sommet du dôme. Heureusement, tu n'as pas le vertige !

GRIMPE VITE EN HAUT DE L'ARBRE, EN 63

38.

Tu slalomes entre les manèges, si vite que tu dérapes et tombes sur le côté. Rien de grave, tu en seras quitte pour un bleu collector ! Tu repars et tu es proche du but quand tu vois quelqu'un disparaître derrière la *Toupie diabolique*.

C'est Octave, tu as reconnu sa silhouette !

Tu te précipites à sa suite. Tu viens de voir son ombre à l'angle d'*Ascenseur sans fin*. Tu accélères et tu débouches sur une petite fourche. D'un côté, *Le Palais des glaces*. De l'autre *Nuit sans visage,* justement.

D'après toi, où est-il entré ?

DANS « LE PALAIS DES GLACES » ? VA EN 13

DANS « NUIT SANS VISAGE » ? CONTINUE EN 49

39.

Tu sais qu'Octave adore les vampires, c'est presque une passion. Il a lu un nombre incroyable de romans dont ils sont les héros. Il estime peut-être que, si on ne les embête pas, alors oui, les vampires sont éternels. Donc Ismaël a peut-être raison !

Par contre, *Vampires et compagnie,* à en croire le plan que vous avez photographié, c'est loin, à l'autre bout d'*Épouvante,* et les précieuses minutes s'écoulent... Vous courez, hors d'haleine, mais il vous faut au moins un quart d'heure pour atteindre votre but : une énorme grotte, très réaliste, et entourée de douves.

Pour les franchir et gagner l'entrée, il faut emprunter une passerelle en cordages. Dès que vous posez le pied dessus, un violent vent artificiel vous déséquilibre, manquant de tous vous faire tomber.

Issa arrive la première de l'autre côté et une paroi s'ouvre devant elle. Ton cousin et toi vous engouffrez à sa suite. Vous découvrez un grand labyrinthe de murs noirs, très hauts, duquel surgit une nuée de grosses chauves-souris qui prennent plaisir à se ruer sur vous pour vous frôler. Elles sont fausses, évidemment, mais ça te fait frissonner quand même.

– Un labyrinthe, c'est une cachette parfaite pour Octave, déclares-tu. Je suis sûr qu'il est là.

– Je l'appelle ! décide Issa, son portable à l'oreille.

Mais seul le silence lui répond.

– À tous les coups, il a désactivé la sonnerie, souffle Ismaël. Ou alors il est ailleurs...

Il se passe la main dans les cheveux et ajoute :

– Le labyrinthe, ça va pas le faire ! Il est gigantesque, on risque de ne pas trouver la sortie.

– Mais si, insistes-tu, c'est la cachette idéale. Et Octave nous donnera peut-être un nouvel indice.

– Pff, ce que tu peux être têtu, parfois, bougonne ton cousin.

– Dis donc, faudrait savoir ce que tu veux ! rétorques-tu. C'est bien toi qui a choisi *Vampires et compagnie,* non ?

En plus, tu es sûr d'être sur la bonne piste ! C'est comme ça. Une intuition, dont tu espères qu'elle te permettra de briller aux yeux d'Issa.

Tu pénètres dans le labyrinthe d'un pas ferme, tandis que retentit une musique un peu lugubre. C'est le grand retour des chauves-souris, qui tourbillonnent devant vous et vous empêchent de progresser. Pareil pour les vampires, toutes dents dehors, qui se dressent devant vous et vous font hurler à chaque fois. Il vous faut enjamber des cercueils, choisir des directions, écarter des toiles d'araignée, éviter des flaques de faux sang, et au bout d'un long moment tu te retournes pour réaliser que tu es seul, et un peu perdu.

Octave n'est pas là, et la sortie est introuvable.

Tu appelles tes amis, qui te répondent de différents endroits. Sans le vouloir, vous vous êtes éparpillés. Ils te confirment qu'ils sont perdus eux aussi, et Ismaël gronde :

– C'est malin, Melvil, on n'arrête pas de tourner en rond ! Tu aurais dû m'écouter.

Hum, tu es obligé de reconnaître qu'il a raison.

Quand tu consultes ta montre tu pousses un « Non ! » stupéfait : il ne vous reste que trente minutes avant que les vigiles démarrent leur ronde dans le parc.

Tiens, devant toi, sur le mur, un volant rouge. Il est peut-être là pour t'indiquer la sortie. De toute façon, au point où tu en es, autant essayer !

Aussitôt, le sol se dérobe sous tes pieds et te voilà au sous-sol, en plein cœur d'un autre labyrinthe à peine éclairé. Une voix féminine te chuchote :

– *Bienvenue au niveau 2, c'est très courageux de ta part, ce labyrinthe est deux fois plus grand que celui du niveau 1...*

Autant dire que tu n'es pas près de trouver la sortie !

Après quelques minutes d'abattement, tu te décides à appeler Octave, il saura comment te tirer d'affaire. Il existe forcément une façon simple de quitter cet endroit sinistre.

Mais à ton grand désespoir, tu tombes sur son répondeur. Il a sûrement mis son téléphone sur silence pour que vous ne le repériez pas...

Oh non, pitié, tu n'as pas envie de moisir plus longtemps ici, il y fait plus froid que dans un frigo ! Issa et Ismaël sont toujours là-haut dans le labyrinthe. Perdus eux aussi, ils ne viendront pas à ton secours... Alors sans réfléchir, gagné par la panique, tu décides de contacter tes parents pour leur demander de venir te chercher. Ils appelleront le père d'Octave, qui saura comment te délivrer, lui.

Tu as bien conscience que c'est la pire des solutions, ton ami t'en voudra à mort, mais cela ne t'empêche pas de composer le numéro de ta mère...

C'EST PERDU !

Recommence du début pour retenter ta chance !
Et, surtout, évite les labyrinthes.

40.

Tu appuies sur le bouton Stop pour que la fusée reste immobile et tu fais coulisser la petite vitre pour entendre ce que dit le nouveau venu.

– Octave, je sais que tu es dans le parc, et que tu n'es pas seul ! hurle-t-il. Montre-toi tout de suite ! Qu'est-ce qui t'a pris, le parc est encore en travaux, c'est dangereux !

– Oh non, c'est son père ! t'exclames-tu. Je reconnais sa voix.

Issa ne répond pas. Elle a retiré l'écharpe qui masquait ses yeux et, en dépit de son vertige, elle regarde en bas, l'index pointé vers la droite.

Oh... la grosse voiture du père d'Octave est garée juste devant la palissade, côté *Frissons,* et la porte qu'il a empruntée est restée ouverte... Il n'a pas pénétré dans le parc par la gueule du monstre, comme vous, mais simplement par une autre porte, dans le mur, qu'il a laissée ouverte elle aussi.

– Ce n'est pas loin, si on se dépêche, on peut sortir par là sans problème, te réjouis-tu. Et le père d'Octave vient d'entrer dans *La Jungle infernale,* il ne nous verra pas. Par contre, il faut que je mette les gaz, tu crois que tu peux supporter ?

– Vas-y, fonce ! décide-t-elle, courageuse.

Tu appuies sur Start et fais basculer la manette noire sur vitesse maximum.

Vous êtes en bas en quatre secondes à peine.

Vous descendez à terre, Issa chancèle, et tu lui passes un bras autour de la taille pour la soutenir de ton mieux.

Le téléphone collé à l'oreille, tu appelles Ismaël pour l'informer de la situation.

– Dépêche-toi, on pourra pas t'attendre longtemps conclus-tu avant de raccrocher.

Tu composes le numéro d'Octave pour le prévenir lui aussi, il décroche aussitôt.

– Ton père est là, lui annonces-tu. Mais on peut sortir, tout est ouvert, rendez-vous tout de suite à côté du manège en forme de pieuvre.

– Oh non c'est pas vrai ! Je peux pas vous rejoindre tout de suite, je suis coincé dans le…

La communication a coupé.

– Qu'est-ce qu'on fait ? demande ton amie. On l'attend quand même ?

Tu hésites quelques secondes avant de lâcher, le cœur lourd :

– Non, c'est trop risqué, tant pis.

Ismaël vient de vous rejoindre, essoufflé. Vous n'avez plus qu'à aller chercher vos vélos en vitesse, et filer par la porte ouverte de la palissade.

VOUS ÊTES LIBRES !

Mais tu as laissé Octave derrière toi, il t'en voudra peut-être. Et à en croire le visage fermé d'Issa, elle n'approuve pas ton choix… Si tu veux te montrer meilleur camarade, reprends ta lecture !

41.

Tu pénètres dans le box des « Sanguinaires », et tu le regrettes aussitôt : ce sont des zombies, qui tendent les bras vers toi en grognant. Ça tombe mal, tu as horreur de ça, ils te font vraiment peur. Tu fais une moue dépitée, Octave n'est pas là... Mais si tu veux sortir d'ici, tu n'as pas le choix, tu dois enfoncer ta main dans la bouche de chaque mort-vivant.

Tu t'approches du premier et, les yeux fermés, la mâchoire serrée, tu t'exécutes. Pouah, dégoûtant, c'est mouillé et gluant, et pas de bouton à pousser ! Pareil pour le deuxième et le troisième.

Courage, il n'en reste que cinq...

Tu plonges ta main dans l'avant-dernier, le cœur au bord des lèvres, et là, surprise, la mâchoire du zombie se referme sur ton avant-bras. Ça ne te fait pas mal, mais tu es totalement coincé. Malgré tous tes efforts, tu ne peux pas retirer ta main.

Une seule solution, fracasser la tête du monstre

jusqu'à ce qu'il cède, mais tu n'oses pas casser le matériel.

Avec la main qui te reste, tu envoies un SMS à Ismaël pour lui demander de venir. Sa réponse : « Impossible, j'aide Issa, moi ! »

Tu n'as plus qu'à patienter, mais ce n'est sûrement pas toi qui trouveras Octave en premier !

C'EST RATÉ !

Avec ta veine, c'est peut-être même toi que les vigiles trouveront en premier… Tu n'as plus qu'à reprendre ta lecture et faire d'autre choix !

42.

– Issa, on fait équipe, je n'ai pas envie de te laisser seule en bas.

Elle soupire.

– Je suis sûre que je vais être malade, là-haut.

Les sourcils froncés, tu lis le descriptif de l'attraction, noté sur une pancarte : « Votre Mégasonic XXI est dotée d'un tableau de bord qui vous permettra d'ajuster votre vitesse (manette noire) au plus bas. Cela permet aux plus sensibles de participer à l'expédition ☺ »

– On ira doucement, insistes-tu. Et tu peux te bander les yeux avec ton écharpe, il paraît que dans le noir on ne peut pas avoir le vertige.

Cette précision, tu viens de l'inventer mais le visage d'Issa s'éclaire.

– Bon... Je vais tenter alors.

Elle noue son écharpe devant ses yeux, vous grimpez à bord et baissez le harnais de sécurité en métal. Tu appuies sur le bouton Start et aussitôt tu inclines la manette noire au plus bas.

C'est parti, votre vaisseau s'élève doucement.

– Ça va ? demandes-tu.

Issa hoche la tête et glisse ses doigts entre les tiens, en quête de réconfort.

Arrivée en haut, la fusée avance doucement et bascule en avant sans prévenir, droit dans le cratère. Ton amie se crispe, tu serres sa main.

Vous atterrissez en douceur dans une grande salle vide, toujours en travaux.

– Tu peux regarder, on est en bas, et Octave n'y est pas, souffles-tu dépité.

– Non, je préfère qu'on remonte tout de suite, j'ai hâte que ce soit fini, souffle-t-elle d'une voix blanche.

Tu appuies de nouveau sur Start, tu entends la respiration d'Issa qui accélère, la pauvre, elle passe un mauvais moment.

Au sommet du cratère, la fusée s'arrête encore, sans doute pour que les passagers profitent du paysage.

Tu regardes le panorama et soudain tu t'écries :

– Il y a un homme, en bas ! Il parle dans un micro !

POUR EN SAVOIR PLUS, ÉCOUTE L'INCONNU EN 40

43.

Affreux cimetière n'est pas très loin, ouf! En plus ça devrait aller vite, le bâtiment qui l'abrite n'est pas plus grand que ta chambre.

Il est sombre, en forme de cercueil géant, surmonté d'ossements qui forment les lettres d'*Affreux cimetière*.

Tu pousses la porte noire, une musique sinistre retentit aussitôt et tu comprends que cela ne va pas être aussi rapide que tu l'imaginais : tu viens de pénétrer dans une pièce qui comporte juste un large escalier de pierre noire qui descend.

DÉCOUVRE
LE SOUS-SOL EN 48

44.

Un peu essoufflés, les vêtements mouillés par endroits, vous voilà devant *L'Antre des fantômes,* un manoir miniature recouvert de toiles d'araignées, plutôt lugubre avec ses vitres brisées et les cris de chouette qui s'en échappent.

Quand tu pousses la porte, un ricanement assourdissant vous accueille. Vous pénétrez dans un sombre couloir, et des mains tombées du plafond vous frôlent. Vous criez en essayant de les écarter.

Sur le sol, tu aperçois un bonnet rouge et tu t'écries :

– C'est celui d'Octave, il est là, c'est sûr !

Vous touchez presque au but !

Vite, vous ouvrez une nouvelle porte, elle grince fort et donne sur une vaste pièce à peine éclairée. Bouh, c'est sinistre : des meubles poussiéreux, un piano qui joue des notes mélancoliques, une cheminée sans feu d'où s'échappe pourtant une épaisse fumée blanche, un rocking-chair qui se balance tout seul... Pas d'Octave pour le moment, mais une vieille femme, de dos, assise face à une table. Elle vous fait signe d'approcher d'une main tremblotante.

Vous vous dévisagez, un peu hésitants, et Ismaël lance :

– Moi, j'y vais.

Toi, tu ne bouges pas, surtout parce que l'épaule d'Issa frôle la tienne, et c'est bien agréable.

Lorsque ton cousin arrive au niveau de la femme, elle se lève d'un bond et se retourne. Elle a une tête de mort à la place du visage, et elle vocifère à votre intention :

– Enfin, depuis le temps qu'on vous attendait !

Ismaël recule d'un pas. Ça a beau n'être qu'un automate, elle est plus vraie que nature.

– Voilà ce que je vous propose : vous pouvez vous asseoir à table avec moi, et je vous raconterai les trois histoires de fantômes les plus effrayantes que vous ayez jamais entendues.

Un large sourire s'affiche sur son horrible tête de mort.

– Sauf si vous préférez monter au premier pour rencontrer le fantôme de Lady Cruella, poursuit-elle. Ou descendre à la cave, pour discuter avec les spectres de Lord Denfer et ses enfants...

En effet, sur la droite de la salle il y a un escalier qui mène à l'étage, et sur la gauche une flèche désigne celui qui vous conduira au sous-sol.

Vous vous consultez du regard. Où est Octave, en haut ou en bas ?

Dépêchez-vous, l'heure tourne et les vigiles seront bientôt là !

SI TU PENSES QU'OCTAVE EST AU PREMIER, MÈNE TES AMIS EN 46

SI TU PRÉFÈRES UNE INCURSION À LA CAVE, CE SERA EN 58

45.

Tu tends les clés à Octave.

– Merci, souffle-t-il, et… Je regrette un peu de vous avoir laissés en plan. Je vous donnerai à tous un passe gratuit de deux jours, pour me faire pardonner.

Super !

Vous lui tapez dans la main pour sceller votre réconciliation.

– Allez, on file rejoindre Ismaël, c'est pas la peine d'attendre les vigiles ! ajoute-t-il. Je sais par où passer pour aller plus vite, on sera sur nos vélos dans dix minutes max !

Vous poussez la porte, elle donne sur un escalier, et vous suivez ton ami en toute confiance, il connaît le parc par cœur.

BRAVO !

Non seulement la liberté vous tend les bras, mais Octave est toujours ton ami, et Issa et toi vous êtes vraiment bien entendus dans cette aventure !

46.

– Quand on est entrés, j'ai entendu quelque chose bouger à l'étage, puis des pas, te souffle Issa.

Dans ce cas, ton choix est fait.

Tu te précipites vers l'escalier, suivi par les autres.

– Octave ? cries-tu.

Pas de réponse. Pff, il pourrait vous faciliter la tâche !

Arrivés sur le palier, vous découvrez trois portes.

Ismaël ouvre la première, sur votre droite, et deux chiens en 3D apparaissent en grognant, tous crocs dehors. Ce ne sont que des effets spéciaux, mais vous sursautez.

Issa ouvre la porte qui est sur sa gauche, elle donne sur un réduit obscur, meublé d'un fauteuil.

– Je suis le fantôme de l'homme au marteau… murmure une voix vaguement menaçante. Si vous voulez que j'apparaisse devant vous, asseyez-vous, je vous en prie.

– On n'a pas le temps ! répliques-tu.

Tu ouvres la dernière porte, et vous entrez dans une grande pièce où vous attend une belle femme brune et translucide, près de la fenêtre.

– Je ne suis pas seule, vous dit-elle d'un ton mystérieux. Pour savoir qui m'accompagne, ouvrez les placards.

Il y en a au moins dix, encastrés dans les murs.

– C'est bon, on est pressés, on redescend, lâche Ismaël.

– Attends, Octave s'y cache peut-être ! rétorques-tu.

Vous foncez sur les placards mais, quand Issa ouvre le premier d'entre eux, la porte par laquelle vous êtes entrés claque fort.

– La curiosité est un vilain défaut, gronde la femme brune. Pour la peine, vous allez rester avec moi un petit moment.

– Non, c'est pas possible, tente Ismaël avant de réaliser qu'elle ne l'entend pas, bien sûr.

– En guise de punition, vous allez regarder un

film qui vous raconte comment et pourquoi je suis devenue fantôme. Attention, peureux s'abstenir ! Après ça, dans trente minutes, je vous libère !

Un écran blanc descend tandis que sonne une musique lugubre.

– Trente minutes ? On est fichus ! t'exclames-tu.

RATÉ !

En effet, ça ne vous laissera jamais le temps de retrouver votre ami et de quitter le parc avant l'arrivée du gardien et de son molosse.
Si tu veux sortir de Panik-Park, une seule solution, reprendre ta lecture !

47.

– Non mais ça va pas ? t'écries-tu. Pas question de laisser Octave tout seul, blessé, au fond de la cave.

– Il nous a bien laissés tomber, lui ! riposte Ismaël.

– N'importe quoi, on doit lui porter secours ! Moi, en tout cas, j'y vais.

Issa t'attrape la main au passage pour descendre avec toi. Ton cœur fait boum, et tu te dis que, si les vigiles vous attrapent, tu as pris la bonne décision malgré tout. À ta grande surprise, Ismaël vous suit, non sans pousser un bruyant soupir pour bien vous faire comprendre qu'il n'est pas d'accord.

Tout en bas, Octave est assis dans la pénombre.

Il a retiré basket et chaussette, waouh, son gros orteil est énorme et commence à bleuir... À ta vue, son visage s'éclaire, vous vous souriez, votre brouille vient de s'envoler !

– Je me suis fait mal à la cheville, aussi, avoue-t-il piteusement. Mais si je m'appuie sur vous, je pourrai sautiller. Et derrière cette porte, là, il y a une issue de secours qui conduit à la palissade, tout près de la sortie. Si on y va maintenant, on sera partis avant l'arrivée des gars.

Issa s'agenouille pour l'aider à remettre chaussette et basket, puis avec Ismaël tu te penches pour qu'il prenne appui sur vous et se lève.

Vous serez bientôt sur vos vélos ! Octave aura peut-être du mal à pédaler, mais au moins vous êtes tirés d'affaire. Personne ne saura rien de votre visite clandestine à Panik-Park !

TRÈS BIEN JOUÉ !

Non seulement vous avez retrouvé les clés, mais vous vous êtes montrés solidaires, même Ismaël. Ton amitié avec Octave est repartie de plus belle, sans parler de ta relation avec Issa, qui a franchi un joli cap !

48.

En bas de l'escalier, un imposant cercueil blanc t'attend sur lequel il est écrit en noir « Pour sortir d'ici, ouvrez-moi ! »

Tu fais un pas en avant, une grille s'abaisse derrière toi, inutile d'espérer faire marche arrière !

Tu regardes autour de toi, tu es dans une grande cave voûtée dont le sol est couvert de cercueils de toutes tailles sur lesquels figurent des numéros.

Tu découvres aussi des ossements et des crânes éparpillés sur le sol, l'ambiance est lugubre ! Vraiment pas le genre d'endroit où tu as envie de t'éterniser, d'autant qu'une forte odeur d'humidité te pique les narines.

Sur le côté, tu vois une porte surmontée d'un panneau qui indique « Paradis ». Sur le mur d'en face, il est noté « Enfer ».

En tout cas, pour l'instant, pas d'Octave... Tu l'appelles à pleins poumons, au cas où il se cacherait derrière l'une des portes. Il ne te répond pas et tu insistes :

– Si t'es là montre-toi, le temps passe... Si ça continue on va se faire griller par les vigiles !

Rien de rien... Que faire ?

TU OUVRES LE CERCUEIL BLANC POUR SORTIR TOUT DE SUITE? 34

OU TU LE CONTOURNES POUR OUVRIR L'UNE DES DEUX PORTES? 24

49.

Tu respectes ton plan initial, question d'intuition, et tu t'avances vers *Nuit sans visage* en espérant y dénicher Octave.

Tu pousses la porte. Elle se referme derrière toi dans un claquement sec, l'air de te dire « Tu ne pourras pas sortir par-là ! »

Tu te retrouves dans l'obscurité totale. Aucune importance ! Tu prends ton smartphone dans la poche arrière de ton jean, mais tu as beau appuyer sur toutes les touches, de plus en plus nerveux, tu te rends à l'évidence : il n'a pas survécu à ta chute, tout à l'heure… La tête de tes parents quand tu devras leur dire !

En attendant, tu dois te passer de ta torche.

– Octave ? tentes-tu.

Pas de réponse, mais une paire d'yeux s'illumine devant toi, à quelques centimètres, puis plusieurs autres qui t'entourent. Des yeux globuleux et injectés de sang. D'un coup, une main masquée de blanc apparaît et te fait signe de la suivre. Tu t'exécutes, tu n'as pas vraiment le choix. Après quelques pas, ton pied s'enfonce dans une surface molle et spongieuse dont tu as du mal à t'extirper. Très drôle ! Deux autres mains s'approchent, elles te montrent deux directions : en haut, ou tout droit.

Pff, dans les deux cas elles te mèneront sur un piège, à tous les coups, mais tu ne peux pas rester immobile. À défaut de trouver ton ami, tu dois chercher la sortie !

Mais soudain tu te figes : plus haut, tu entends des gémissements, on dirait quelqu'un qui pleure doucement. Ce n'est probablement qu'un trucage, même si les sanglots paraissent réels.

SI TU SUIS LA MAIN QUI TE PROPOSE DE MONTER, VA EN 20

SI TU RÉPONDS À L'INVITATION DE L'AUTRE MAIN, DROIT DEVANT, FILE EN 54

50.

Si les bâtons sont de tailles différentes, il y a forcément une raison ! Tu en prends deux grands, et beaucoup de petits, que tu coinces sous ton bras.

Tu montes sur un nénuphar et, sans même un regard aux crocodiles qui s'approchent de toi, tu fonces vers Issa, en exerçant une poussée sur ton grand bâton à chaque fois que tu touches le fond du marais.

Elle est là, entourée de ces grosses bestioles plus vraies que nature, gueule grande ouverte. Soudain, tu comprends comment t'en débarrasser !

Tu rejoins ton amie et tu lui tends la moitié de tes petits bâtons.

– À tous les coups, il faut leur bloquer les deux mâchoires avec !

Tu t'agenouilles, et tu tentes le coup avec un premier croco : tu coinces ton bâton à la verticale dans sa gueule béante, et il fait aussitôt demi-tour.

– Génial, s'exclame Issa, qui t'imite aussitôt.

Ça y est, vous pouvez vous déplacer vers la sortie. Vous y êtes presque quand la voix d'Octave vous lance depuis un haut-parleur :

– Très malin, le coup du bâton, bravo Ismaël !

Là aussi, il sait ce que vous faites ? Ici, il n'y a pas de vitres au travers desquelles vous observer, comme dans *La Jungle infernale*, alors comment est-ce possible ? Il a dû bouger, changer de poste d'observation pour trouver un endroit où il peut voir l'intérieur des attractions... Ça y est, tu sais où il est, mais oui, c'est évident !

Tu dévoiles ton intuition à Issa, qui t'embrasse sur la joue et souffle :

– Bravo !

POUR SAVOIR SI TU AS VU JUSTE, VA EN 51

51.

Une fois sorti, tu prends la main d'Issa et vous foncez vers les portes à double battant par lesquelles vous êtes arrivés face aux attractions, tout à l'heure, quand Octave vous a faussé compagnie. Vous faites quelques détours pour éviter son regard espion. Pas question qu'il s'échappe à votre approche !

Ça y est, vous y êtes. Un peu essoufflés, vous poussez les portes et vous avancez sur la pointe des pieds dans le couloir qui mène au local technique.

Tu ouvres la porte, Octave est là, comme prévu. Il se retourne, stupéfait. Issa se précipite sur lui pour rafler les clés qu'il a posées sur un bureau. Elle lui prend aussi le micro des mains et le place devant sa bouche.

– Melvil a trouvé Octave ! Ismaël, rejoins-nous au local technique, s'écrie-t-elle, joyeuse. On peut sortir de Panik-Park !

Octave secoue la tête, admiratif.

– J'ai mal joué, j'aurais dû rester dehors pour continuer à vous observer depuis l'extérieur, mais je m'ennuyais un peu, il y a trop d'endroits où je ne vous voyais pas. Alors je suis revenu pour vous suivre sur l'écran, j'ai pas pensé que vous devineriez que j'étais là. T'es le meilleur, Melvil !

– Sans rancune ? tu lances en lui tendant la main.

Il la serre en t'offrant un large sourire.

– Sans rancune !

OUI, C'EST VRAI, TU ES LE MEILLEUR !

Grâce à toi, vous pouvez repartir tous les quatre sans croiser les vigiles. Octave et toi êtes toujours amis, et tu t'es rapproché d'Issa ! Bravo !

52.

Ça te fait mal au cœur et tu es certain qu'Octave t'en voudra à mort, mais tu préfères suivre Ismaël. Si tu restes avec ton ami, tu te feras attraper par les vigiles, et tu préfères ne pas penser à la réaction de tes parents !

– Ok, on y va, lâches-tu à mi-voix, très mal à l'aise.

Issa te lance un regard noir et vous tourne le dos pour descendre auprès d'Octave.

Tu hésites de nouveau un instant, avant de grimper les marches en vitesse derrière Ismaël.

PAS MAL !

Les vigiles sont encore loin, en vous dépêchant vous serez bientôt sortis du parc, ni vus, nu connus. Mais tu as mis ton amitié pour Octave en péril, et tu ne t'es pas rapproché d'Issa, au contraire ! Si tu veux faire mieux, retourne en arrière pour faire d'autres choix.

53.

– On fait une halte sur l'îlot, cries-tu pour te faire entendre.

Ismaël te répond aussi fort :

– J'ai regardé sur le plan, il s'appelle *L'îlot des naufragés,* c'est mauvais signe !

Si en plus il est superstitieux !

De toute façon, c'est toi qui tiens le volant. Tu tournes vers la droite, direction le petit ponton qui permet de débarquer. Tu y es presque, mais pas moyen de diminuer la vitesse, votre bateau glisse trop vite sur l'eau, c'est vraiment un super-speed ! Et si vous vous arrêtez complètement, pas sûr que votre élan vous suffise à atteindre votre but.

– Te loupe pas, crie Ismaël.

Facile à dire ! Pas simple de viser le bon endroit pour accoster alors que le bateau ne ralentit pas.

Tu loupes le ponton, te voilà obligé de faire le tour de l'îlot.

– Octave n'a pas l'air d'y être, remarque Issa.

– On ne sait pas, il se cache peut-être dans la cabane, suggères-tu.

– Je le sens pas, dirige-toi plutôt vers la rive, allez ! ordonne Ismaël en tentant de se saisir du volant.

Mais tu tiens bon et cette fois, c'est la bonne, tu appuies sur « Stop » et votre bateau s'arrête pile devant la petite échelle qui mène au ponton.

– Bien joué ! te félicite Issa.

Vous grimpez et posez le pied sur l'îlot, en quête d'Octave, avant de sursauter quand le moteur de votre hors-bord, derrière vous, rugit de nouveau.

– Qu'est-ce qu'il se passe ? demande Ismaël en se retournant.

– Il se passe que notre bateau s'en va sans nous, souffles-tu, stupéfait.

Issa, plantée devant un panneau explicatif, lit à voix haute, consternée :

– « Sur l'îlot des naufragés, les matelots devront attendre qu'un autre marin se porte à leur secours ! »

– On peut essayer de gagner la rive à la nage ?

propose Ismaël.

– T'es fou, on est en novembre, l'eau est gelée, c'est trop dangereux, protestes-tu.

Issa toussote et ajoute, gênée :

– Surtout que… enfin, je… je sais pas nager.

OH NON !

**Vous voilà coincés sur l'îlot des naufragés,
et rien ne vous dit qu'Octave viendra vous délivrer.
Si vous partez d'ici, ce sera sûrement en compagnie
de l'un des vigiles et de son chien…
Dommage, c'est perdu, mais reprends ta lecture
si tu veux retrouver ton meilleur ami !**

54.

Ces pleurs, tu n'y crois pas et tu les soupçonnes d'être là pour t'attirer dans un piège. Tu suis la main blanche, tout droit mais doucement, tu te méfies.

Et tu as raison !

Le trajet n'est pas si droit que ça, tu progresses de zigzag en zigzag, et ça n'en finit pas...

Malgré tes précautions, tu n'évites pas une mare d'eau glacée dans laquelle tu t'enfonces jusqu'aux genoux, des doigts invisibles qui t'effleurent les cheveux, un souffle qui sent l'œuf pourri, en plein sur ton visage, un vent de face qui t'empêche d'avancer, une créature mystérieuse et velue qui te pousse sur le côté, des mâchoires osseuses qui claquent et qui foncent sur toi, et toujours ces yeux autour de toi !

Au bout de vingt bonnes minutes, alors que tu te dis que tu ne sortiras jamais de *Nuit sans visage,* tu te retrouves encore face à deux mains. La première te propose de partir sur le côté, et l'autre de poursuivre tout droit.

TU PARS SUR LE CÔTÉ? FILE EN 57

TU NE DÉVIES PAS DE TA ROUTE? CONTINUE EN 36

55.

– Les fantômes ne meurent jamais, décrètes-tu.

– Les vampires non plus ! affirme Ismaël.

– Si ! À la lumière du jour ! rétorques-tu. Et si on leur plante un pieu dans le cœur, ou qu'on leur présente de l'ail ou un crucifix !

– Melvil a raison, on peut tuer un vampire, pas un fantôme, ajoute Issa.

Son soutien te fait drôlement plaisir !

Ton cousin hausse les épaules, agacé. Mais il vous emboîte quand même le pas quand vous suivez les flèches qui mènent à *L'Antre des fantômes*.

Vous vous y dirigez en courant. Vous vous faites arroser au passage par un faux clown tueur posé sur un monticule, qui tient une lance à eau.

En été, ce sera sympa, mais en plein mois de novembre, vous appréciez modérément !

Allez, un petit effort !

POUR SAVOIR SI OCTAVE SE CACHE PARMI LES FANTÔMES RENDEZ-VOUS EN 44

56.

Quelques pas plus loin, un autre zombie surgit du mur, il gronde et vous menace. Cette fois, tu prends sur toi, vous le contournez sans problème et vous avancez d'un pas rapide jusqu'à un gros amas de pierres. Il fait toute la largeur du couloir et il atteint presque le plafond.

– Drôle d'attraction, lâches-tu. Tu crois qu'on peut passer de l'autre côté ?

– C'est limite, mais oui, je pense.

Vous escaladez en vitesse, vous voilà de l'autre côté et vous ouvrez de grands yeux stupéfaits : face à vous, une immense tôle qui vous empêche de poursuivre, sur laquelle il est noté « Chantier en court ».

– Ils auraient pu mettre le panneau plus tôt, gronde Issa.

Vite, il faut faire demi-tour ! Sauf qu'au même moment de nouvelles pierres dégringolent du plafond et vous bouchent totalement le passage.

Pas question de vous attaquer à l'éboulis, c'est trop dangereux et, bien sûr, pas de réseau pour demander de l'aide.

Tu éclaires les lieux avec ton téléphone et tu découvres une porte recouverte de poussière dans la paroi du tunnel.

– Regarde, souffles-tu, il y a une clé dans la serrure, les ouvriers ont dû l'oublier là.

– Génial, c'est sûrement une issue de secours !

Vous ouvrez pour découvrir un étroit passage entre les murs duquel vous vous faufilez.

Après une longue marche et quelques zigzags, vous êtes face à un escalier que vous grimpez en vitesse. Tout en haut, une nouvelle porte, que vous déverrouillez d'un tour de clé et qui claque derrière vous une fois que vous avez franchi son seuil.

Ah, pas de serrure de ce côté-ci, donc pas de retour en arrière possible...

Ça tombe mal, car vous vous retrouvez dans un sas en béton à peine plus grand qu'un placard, et vous n'avez aucun moyen d'en sortir...

Tu sens la panique te gagner, et Issa n'a pas l'air

plus rassurée que toi. Tu vois une barre de réseau s'afficher sur ton écran, malheureusement c'est trop peu pour parvenir à passer un appel…

C'EST PERDU !

Tu n'as plus qu'à promener ton téléphone partout autour de toi pour capter plus de réseau et demander de l'aide à tes amis. Bon courage… N'hésite pas à reprendre ta lecture si tu veux aller au bout de l'aventure !

57.

Sans hésitation, tu pars sur le côté, ne serait-ce que pour varier les plaisirs !

Ton guide te mène sans encombre jusqu'à ce que tu te cognes à un mur. Pas de bosse, mais la main blanche aurait pu te prévenir !

Elle s'immobilise, comme si elle avait atteint sa destination. Tu passes tes paumes sur le mur et, à tâtons, tu détectes les contours d'une porte, basse et étroite.

Cela ne t'inspire pas vraiment, tu n'as pas envie de te retrouver coincé à l'intérieur d'un petit placard. Mais tu tentes le coup...

Oh, c'est trop beau pour être vrai : te voilà dehors, libre ! Tu ferais bien une petite danse de la joie, mais tu n'as toujours pas retrouvé Octave, et tu as assez perdu de temps comme ça...

TU FONCES VERS « AFFREUX CIMETIÈRE », EN 43

58.

D'instinct, tu penches plus pour la cave, et tu t'y diriges sans attendre, suivi de tes amis.

Le sombre escalier est en pierre, ça sent l'humidité, et là aussi il y a des toiles d'araignées partout.

Vous dévalez les marches mais tu fais signe aux autres de s'arrêter.

– J'ai entendu du bruit, il y a quelqu'un d'autre dans l'escalier, chuchotes-tu.

– Les enfants de Lord Denfer ? propose Issa.

Oui, peut-être, mais la cavalcade que tu entends te semble bien réelle, de même que ce bruit de chute et ce cri qui viennent de retentir, à l'instant !

– Non, je suis sûr que c'est Octave, t'exclames-tu, il a dû courir pour nous échapper et il s'est cassé la figure.

Une dizaine de marches plus bas, l'escalier forme un virage, et Ismaël lâche, stupéfait :

– C'est quoi ce truc qui brille, là, devant mon pied ?

Il se penche et se redresse avec le trousseau de clés d'Octave à la main !

– C'est bon, on peut sortir du parc, allez, on se dépêche !

– Attends, proteste Issa, Octave est peut-être blessé.

Elle descend deux marches de plus et, les mains en porte-voix autour de la bouche, crie :

– Octave, ça va ?

– Moyen, je me suis fait super mal au gros orteil du pied gauche, lance-t-il de tout en bas. Je ne suis pas sûr de pouvoir marcher.

Au même moment, vous entendez des aboiements lointains, à l'extérieur.

– Oh non, les vigiles, ils sont en avance, gémit ton ami.

Ismaël écarquille les yeux.

– Ça ne devrait pas t'effrayer, tu nous as dit que tu les connaissais bien !

– Oui, mais bon... Mon père va savoir que je suis venu sans son accord, ça va faire toute une histoire.

Ton cousin hausse les épaules.

– Ça, c'est pas notre problème !

Il se tourne vers Issa et toi.

– On a les clés, vite, venez, on file. Avec un peu de chance, nous, on ne se fera pas prendre.

Tu hésites. Que faire ?

LAISSER OCTAVE SE DÉBROUILLER ET PARTIR TANT QU'IL EN EST ENCORE TEMPS, EN 52

OU DESCENDRE À LA RENCONTRE DE TON AMI, AU RISQUE DE PERDRE DE PRÉCIEUSES MINUTES, EN 47

59.

La question ne se pose même pas !

Tu envoies un « Je m'en occupe !! » à tes deux amis, tu regardes la photo du plan sur ton portable et tu sprintes en direction du *Marais diabolique*, près de *La Rivière sans retour*.

C'est loin, et tu as presque l'impression d'entendre le tic-tac d'une horloge démoniaque qui te rappelle que le temps t'est compté !

Tu t'arrêtes devant un bâtiment en forme de « U » renversé, dont la porte s'ouvre à ton approche. Devant toi, une vaste étendue d'eau verdâtre, couverte de végétation.

– Issa ? cries-tu.

– Je suis dans le marais, au milieu du virage. Les gros nénuphars, ce sont des paddles, et tu dois prendre un bâton que tu enfonces dans l'eau pour avancer. J'ai perdu le mien, je suis coincée au milieu des crocos !

– T'inquiète, j'arrive.

Tu inspectes mieux les lieux. Sur le côté, un amas de bâtons de toutes tailles et, dans l'eau, deux crocodiles très réalistes qui rôdent.

Tu fronces les sourcils, les bâtons servent sans doute aussi à repousser les faux reptiles.

SI TU PRENDS PLUSIEURS BÂTONS D'UNE BONNE LONGUEUR, VA EN 60

SI TU PRENDS PLUSIEURS BÂTONS DE TAILLES DIFFÉRENTES, EN 50

60.

– Me voilà, t'exclames-tu fièrement, très heureux d'aider ton amie.

Tu as déjà fait du paddle sur le plan d'eau de la Tête Noire, près de chez toi, et tu n'hésites pas à poser les deux pieds sur un grand nénuphar, armé de grands bâtons.

À l'aide de l'un d'eux, tu avances rapidement. Les crocodiles te laissent tranquille, tout va bien.

Ça se complique à l'amorce du virage, ils sont plus nombreux et s'approchent, gueule grande ouverte. Tu les repousses mais ils reviennent, il faut zigzaguer, ce n'est pas facile. Tu aperçois enfin Issa, assise sur son nénuphar, les genoux relevés sous le menton. À ton approche, elle se relève, visiblement soulagée.

– Oh merci, je suis désolée, je n'ai pas pu me débarrasser de ces monstres.

– T'inquiète, à nous deux on va s'en sortir !

Tu la rejoins et tu lui tends un bâton. Les crocodiles, au moins une quinzaine, vous encerclent, pas moyen de vous faufiler entre eux.

– On essaie de les repousser avec les bâtons, décides-tu.

Oui, mais ça ne marche pas, ils s'écartent pour revenir aussitôt à la charge. Ils n'ont beau être que des automates, ils sont très impressionnants.

– Je ne vois qu'une seule solution, lâche Issa.

Tu la regardes, surpris, car toi tu n'en vois aucune.

– On descend de nos nénuphars et on termine à pied, reprend-elle. Le marais n'est pas très profond, et je suis sûre que les crocos ne nous ferons rien, ils ne vont quand même pas mordre les visiteurs.

TU TE JETTES À L'EAU, EN 62

61.

À voir le visage fermé d'Issa, elle préfère rester sur la terre ferme, c'est évident !

De toute façon, l'heure tourne, pas question de perdre ton temps à la faire changer d'avis.

Tu montes dans la nacelle, tandis que ta copine s'assoit non loin sur un petit muret.

– Je t'appelle si je trouve Octave, lui cries-tu.

Elle se contente d'acquiescer, sans lever les yeux de son téléphone. Elle est déçue de rester à l'écart, c'est évident. Toi qui voulais te rapprocher d'elle, ça n'en prend pas le chemin !

Mais tu oublies vite ce détail quand ta fusée, sans prévenir, s'élève dans les airs à une allure vertigineuse. Tu éclates de rire, les manèges, tu adores ! Te voilà secoué dans tous les sens, de haut en bas, de droite à gauche, la tête en bas, et on recommence.

Lorsque ça se calme enfin, tu es un peu étourdi, d'accord, mais tu as bien apprécié le voyage.

La fusée s'immobilise tout en haut du manège pendant deux bonnes minutes, le temps que tu reprennes tes esprits. Puis, elle avance jusqu'au bord du volcan, avant de brusquement basculer en avant pour s'enfoncer à la vitesse d'une flèche dans le cratère. Et ça, tu ne t'y attendais pas !

POUR SAVOIR SI OCTAVE T'A PRÉCÉDÉ, C'EST EN 29

62.

Tu es le premier à descendre de ton nénuphar. L'eau, plutôt chaude, t'arrive à mi-cuisse. Ton amie t'imite, et vous tentez d'avancer.

Sauf que c'est presque mission impossible !

Les crocodiles ne vous agressent pas, mais ils se pressent contre vous et vous empêchent de progresser. Petit à petit, vous gagnez du terrain, mais c'est long, très long ! Quand vous arrivez enfin à l'extrémité du marais, tu constates qu'il ne vous reste qu'un quart d'heure avant la ronde des vigiles.

Vous sortez vite, et vous recevez chacun le même message d'Ismaël : « Trouvé, RDV au local technique, vite ! »

OUF !

**Vous allez sortir de Panik-Park...
mais ce n'est pas grâce à toi.
Si tu veux être le premier à retrouver Octave,
recommence ta lecture et fais d'autres choix.**

63.

Une fois en haut, tu comprends ce que tu dois faire : traverser toute la salle sur un filet qui la surplombe.

Tu t'y engages à quatre pattes, c'est plus pratique, et cette fois ce sont des sauterelles ou des cigales, tu ne sais pas vraiment, qui te sautent dessus. Sans compter un vent violent qui agite le filet et t'empêche de progresser.

Alors que tu arrives péniblement à mi-chemin, tu te fais arroser par une abondante pluie tropicale, suivie d'un orage qui plonge le lieu dans l'obscurité. Le filet est balloté si fort, dans tous les sens, que tu ne peux plus avancer.

Lorsque les intempéries se calment, tu reprends ta progression, et tu es super content de descendre enfin le long d'un tronc pour te ruer vers la sortie.

Tu regardes l'heure, waouh, il ne te reste que cinquante minutes.

Tu n'en reviens pas, tu as perdu tout ce temps dans *La Jungle infernale* ?

En chemin vers *Monstres voraces* tu adresses un message à tes amis :

« R.A.S. Et vous ? »

« Rien » t'envoie Ismaël. Issa ne te répond pas, elle n'a peut-être pas de réseau.

Tu vas pénétrer dans un chapiteau aux rayures noires et blanches quand ton portable vibre. C'est Issa, et tu écarquilles les yeux à la lecture de son texto envoyé à vous deux : « HELP ! Coincée dans *Marais diabolique.* »

Que fais-tu ? *Marais diabolique,* ce n'est pas tout près !

TU TE PORTES À SON SECOURS AU RISQUE DE PERDRE DU TEMPS ? COURS EN 59

TU LAISSES ISMAËL S'EN CHARGER ET TU PÉNÈTRES DANS LE CHAPITEAU ? VA EN 31

64.

Le cercueil descend, ça ne dure pas longtemps, une minute maximum, mais elle te semble très longue.

Tu dois être arrivé, le cercueil ne bouge plus, et le couvercle se soulève sans ton aide. Tu t'en extirpes en vitesse et la même petite voix t'accueille :

– Comme promis, te voilà sorti de la cave. Bienvenue dans les catacombes !

Tu ne peux pas t'empêcher de t'écrier :

– Ce n'est pas ce que je voulais !

Pouah, l'odeur est encore pire qu'au niveau supérieur. On dirait une odeur de pourriture, ça te prend à la gorge. C'est sûrement voulu, mais ce n'est vraiment pas une partie de plaisir. Partout devant toi des squelettes sont allongés, auxquels il manque un os ou deux. Il sont numérotés comme les tombes au-dessus. Il s'agit sûrement de déchiffrer un code, mais tu n'as pas envie de jouer, tu veux juste quitter cet endroit sinistre ! Tout au fond, tu aperçois des petites masses sombres qui gigotent. Tu fais deux pas pour mieux les voir avant de reculer brusquement : ce sont des rats ! Pourvu qu'ils soient faux !

Tu t'allonges de nouveau dans le cercueil, au cas où il remonte gentiment… sauf qu'il ne bouge pas d'un millimètre.

Tu en sors, dépité, et tu commences à perdre espoir lorsque tu entends une voix étouffée, qui vient d'en haut.

– Melvil, t'es là ?

Ismaël !

– Oui, au sous-sol, hurles-tu, les mains en porte-voix.

– Sors, les vigiles arrivent dans quinze minutes ! On a retrouvé Octave, il s'est trompé sur les horaires… Viens vite !

– Je suis coincé en bas, il n'y a pas d'issue !

Un court silence te répond, puis Octave prend la parole :

– Il faut trouver un code qui fait remonter le cercueil, mais le système n'est pas encore installé…

Hein ? Tu ne vas quand même pas rester ici à moisir parmi les squelettes !

– T'inquiète, ajoute-t-il, les vigiles ont une clé spéciale qui permet de débloquer toutes les attractions.

Et à ton grand soulagement, Issa précise aussitôt :

– On est tous d'accord pour les attendre avec toi !

DOMMAGE !

Vous ne vous sauverez pas de Panik-Park avant l'arrivée des vigiles, mais savoir que tes amis restent avec toi, cela te fait chaud au cœur ! Si tu veux que ton aventure soit une réussite, recommence ta lecture et fais d'autres choix !

L'AUTRICE

Agnès Laroche vit à Angoulême.

Dans son bureau ou son jardin, elle écrit des histoires qui lui permettent de fréquenter dragons, fantômes et vampires ou de partir en Afrique sans prendre l'avion. Elle est l'autrice de nombreuses fictions diffusées à la radio, de récits et de romans pour la jeunesse.

Son plaisir : Faire de ses livres de petites maisons dans lesquelles ses lecteurs puissent se sentir chez eux.

Retrouve-la sur son Facebook et son Instagram :
https://www.facebook.com/agneslaroche.182
https://www.instagram.com/agneslaroche.autrice

DANS
LA COLLECTION :

LES MYSTÈRES
DONT VOUS ÊTES LES
HÉROS
Agnès Laroche
Mission exploration
UNE HISTOIRE AVEC 23 FINS POSSIBLES !
RAGEOT

LES MYSTÈRES
DONT VOUS ÊTES LES
HÉROS
Agnès Laroche
Cruel hôtel
UNE HISTOIRE AVEC 21 FINS POSSIBLES !
RAGEOT

LES MYSTÈRES
DONT VOUS ÊTES LES
HÉROS
Agnès Laroche
Le parc de l'épouvante
UNE HISTOIRE AVEC 21 FINS POSSIBLES !
RAGEOT

RAGEOT s'engage pour l'environnement en réduisant l'empreinte carbone de ses livres.
Celle de cet exemplaire est de :
620 g éq. CO_2
Rendez-vous sur
www.rageot-durable.fr

PAPIER À BASE DE FIBRES CERTIFIÉES

Achevé d'imprimer en France en mars 2021
sur les presses de Normandie Roto Impression s.a.s. à Lonrai, France.
Dépôt légal : mai 2021
Numéro d'édition : 7436-01
Numéro d'impression : 2100828